끼리끼리 사이언스

끼리끼리 사이언스

지은이 권혜영, 성해나, 성혜령, 이주란, 한지수
펴낸이 임상진
펴낸곳 (주)넥서스

초판1쇄 발행 2025년 7월 10일
초판2쇄 발행 2025년 7월 15일

출판신고 1992년 4월 3일 제311-2002-2호
10880 경기도 파주시 지목로 5
Tel (02)330-5500 Fax (02)330-5555

ISBN 979-11-94643-69-2   03810

저자와 출판사의 허락 없이 내용의 일부를
인용하거나 발췌하는 것을 금합니다.

가격은 뒤표지에 있습니다.
잘못 만들어진 책은 구입처에서 바꾸어 드립니다.

www.nexusbook.com
&(앤드)는 (주)넥서스의 문학 브랜드입니다.

앤드
앤솔러지

끼리끼리 사이언스

권혜영
성해나
성혜령
이주란
한지수

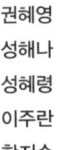

일러두기
- 본 도서는 각 작가의 문체적 특성과 의도를 그대로 살려 편집하였습니다.
- 국립국어원의 맞춤법을 준수하되, 원문의 뉘앙스를 보존하기 위해 일부 표기는 예외를 두었습니다.

차
례

럼콕을 마시는 보통 사람들 · 권혜영　　7

윤회 (당한) 자들 · 성해나　　47

임장 · 성혜령　　107

산책 · 이주란　　141

목소리들 · 한지수　　185

해도 뜨지 않은 캄캄한 새벽. 나는 킨로스로 가는 첫차를 타기 위해 역 앞에 왔다. 이곳에서 5시에 만나기로 했는데. 솔은 여태 도착하지 않았다. 잠을 깨려고 자판기에서 커피를 뽑았다. 탄 맛이 나는 뜨거운 커피를 호호 불며 홀짝였다. 두 모금 마신 뒤 핸드폰으로 시계를 보고, 세 모금 마신 뒤 또 시계를 봤다. 어디쯤 왔느냐고 연락하기도 애매한 시간이라 가만히 앉아 기다리기로 했다. 주머니에서 너덜거리는 종이 티켓을 꺼내 한참 노려봤다. 이게 과연 맞는 일인지 모르겠다.

커피가 차갑게 식을 무렵 솔이 광장 멀리서부터 걸어오는 게 보였다. 솔은 또 엄청난 옷을 입고 나타났다. 하츠네 미쿠가 프린팅된 반팔 티셔츠는 그렇다 치고 무엇보다 시선을 끌었던 건 솔이 신고 온 연두색 레인부츠였다. 나는 그 신발에서 가장 큰 지분을 차지하고 있는 한교동이라는 캐릭터와 눈이 마주쳤다. 솔이 걸을 때마다 신발 앞코에 위치한 한교동의 두툼한 입술이 씰룩거렸다. 한교동이 내게 도망치라고 말해주는 것만 같았다.

학교 카페테리아에서 솔을 처음 만났을 때 나는 그녀가 10대인가, 아니면 어디가 아픈 사람인가 하고 생각했다. 옷차림도 그렇거니와 체구가 보통 왜소한 수준이 아니었다. 그런 데다가 마시고 있던 캔 음료의 뚜껑 고리를 검지에 끼우고 빙글빙글 돌리고 있기까지 했다. 무슨 기인열전도 아니고. 손가락이 얼마나 가늘면 저게 들어간담. 얼굴엔 화장기도 없었는데 모공조차 보이지 않았다.

나는 모든 의구심을 숨긴 채 "안녕?" 하고 손을 흔들었다. 처음 만나는 외국인에게 자기소개를 시작했다.

"한나라고 해."

예의를 갖춰 첫마디를 건넸다. 솔은 내 말꼬리를 싹둑 잘랐다.

"어라? 한국 사람이야?"

솔이 대놓고 한국어로 물어보는 통에 당황하여 잠시 말문이 막혔다.

"나는 한국인이 아니야."

그때 나는 진저리를 치며 말했나? 아니면 소리의 높낮이가 없는 딱딱한 억양이었던가? 모르겠다. 확실한 것은 그 후 솔이 입을 다물어버렸다는 사실이다.

나는 결국 일을 저질렀다. 역에서 솔을 마주치며 인사 대신 "그런 신발은 어디서 사는 거야?"라고 묻고 말았다. 솔은 핸드폰을 꺼내서 번역기 어플을 켰다. 심술이 가득 담긴 손놀림으로 키패드를 누르더니 내 얼굴 앞에 핸드폰을 들이밀었다. 기계음은 솔 대신 이렇게 말해주었다.

"나 편함. 이 신발 귀여움. 나 무엇 신든. 너는 노 상관. 잘 보일 생각 없음. 너에게도. 다른 누구도. 권리 없음."

이런 영어 단어들이 분절된 채로 들렸다. 문장의 맨 끝에는 'holy shit'이라는 욕까지 쓰여있었다. 솔이 말했다.

"그리고. 왜. 너. 온 거?"

나는 내게 쥐어진 공연 티켓을 팔랑팔랑 흔들며 얘기했다.

"네가 같이 가자며."

"아니. 너 아니. 그 티켓. 너 말고. 네 아빠 것. 네게 전해준 것. 대신에."

킨로스로 향하는 기차 안에서도 우린 대화를 별로 주고

받지 않았다. "저 문으로 나가야 돼." 혹은 "화장실 어디?" 같은 필요한 말만 간단히 나눴다. 오늘의 날씨라든가 잠시 뒤 우리가 함께 즐길 공연에 대해 이런 말 저런 말을 시켜봐도 솔은 "잠, 시끄러움, 민폐, 쉿." 하며 코에 손을 갖다대기만 할 뿐 내가 묻는 말에는 답해주지 않았다. 성가셨는지 귀에는 이어폰을 껴버렸다. 이어폰 틈으로는 음악 소리가 새어 나왔다. 패션 스타일로 꼽을 줘서 삐진 건지, 원래 과묵한 아이여서 그런 건지는 헷갈렸다. 나는 눈을 감은 솔을 빤히 바라보다가 창밖으로 시선을 돌렸다. 이슬이 맺힌 창문에 봉사 학점이라는 단어를 크게 썼다가 지웠다. 하루만 참자고 결심했다. 어느덧 밖으로는 푸르고 광활한 지평선이 시원하게 펼쳐졌다.

나는 세 학기 동안 봉사 학점을 이수해야 했다. 그러던 차에 외국인 교환학생의 생활 이모저모를 도와주는 봉사활동 공고가 교내 게시판에 붙어있는 걸 보았다. 카페 테라스 차양 아래 앉아 신청서를 쓴 순간들을 기억한다. 마지막 공란에는 이런 것도 물었다. 희망하는 국적의 학생이 있습니까? 독일. 나는 그 무렵 독일어 시험을 앞두고 있어서 기왕이면 독일어권 나라와 연결되었으면 했다. 나는 영어를 가르쳐주고, 그 학생은 내게 독일어를 가르쳐주고, 얼마나 편리한가? 2~3년 후에는 독일에 있는 대학원에 진학할 생각이었다. 만약 그때까지도 독일 친구와의 관계가 유지된다면 훗날 내가 독일로 공부하러 갔을 때 비슷한 도움을 받을 수도 있고 말이다.

약 80억 세계 인구 가운데 하필이면 한국 사람과 짝이 되었다. 내가 교내에서 보기 드문 한국계 학생이라 연결해 준 게 틀림없다. 인종적인 이유로 부당한 대우를 받은 것 같아 기분이 착잡했다. 게다가 솔은 나와의 거리를 좁힐 마음도, 영어를 배울 의지도 없어 보였다. 무표정한 얼굴을 하고 입을 꾹 다물고 있을 때면 속으로 무슨 생각을 하고 있는지 도무지 알 수 없었다.

"문법이나 발음 궁금한 거 있으면 물어봐. 알려줄게."

내가 일주일에 한 번씩 시간을 정하여 영어를 가르쳐준대도 솔은 이렇게 대꾸했다.

"필요 없어."

솔은 듣는 둥 마는 둥 하며 나와 함께 있는 내내 핸드폰만 들여다봤다. 뭘 그렇게 보는지 궁금했다. 나는 고개를 뒤로 젖히고 훔쳐봤다. 다름 아닌 90년대 록스타 펄프의 뮤직비디오였다. 패션이라든가, 액세서리, 소지품이 전부 일본풍이

어서 나는 솔이 〈나루토〉라도 보고 있는 줄 알았는데 펄프라니. 좀 의외였다. 그런 것에 관해서 물어보고 싶었지만 좀처럼 용기가 나지 않아 아무 말이나 늘어놓았다.

"그럼 생활은? 은행 계좌나 교통편, 쇼핑, 관광 같은 건 안 하니? 그냥 뭐든지. 궁금한 거 없어?"

"없어."

솔은 액정 화면에만 시선을 둔 채 아이스티를 빨대로 들이마셨다. 난 안개 장막이 드리운 듯 머릿속이 부예졌다. 둘이서 이러고 있는 게 한심했다.

"그럼 너는 대체 학생 도우미를 왜 신청한 거니?"

솔은 나를 한참 쏘아보다가 하고 싶은 말이 생긴 것처럼 윗입술을 삐죽거렸다. 송곳니 하나가 보일락 말락 했다. 나는 두 손을 다리 사이에 모았다. 솔의 입이 열리길 진득이 기다렸다. 얘랑만 있으면 인중이나 겨드랑이나 등덜미 같은 곳에 땀이 고였다. 긴장이 되어서 그런지 곤란해서 그런지는 잘 모르겠다.

내가 눈싸움에 동참하자 솔은 조금 전보다도 입을 더 굳게 다물고는 다시 시선을 핸드폰에 고정시켰다. 화면 속에선 펄프의 프런트맨 자비스 코커가 이리저리 뛰어다니며 노래를 부르고 있었다. 테이블 아래에 둔 손바닥에서 소리의 진동이 전해졌다.

이걸로 봉사 학점 채우겠다는 생각은 체념한 지 오래였다. 100시간은커녕 20시간도 만나지 못했으니까. 이제 솔을 볼 날은 거의 없었다. 헤어지는 마당에 뭐라도 해야겠다는 생각이 스쳤다. 지난 학기에는 형식적인 인사치레가 담긴 카드와 기념품만 주고 넘어갔다. 나보다 더한 솔은 거기에 답장조차 하지 않았다. 나는 노트에서 종이 한 장을 뜯었다. 우리 집 주소와 내 구글 메일 계정을 적어주었다.

"계속 연락하고 지내자."

사실 빈말이었다. 진심으로 계속 연락할 생각이었다면 인스타그램 계정을 알려줬겠지. 별 기대는 없었다. 어차피 연락할 것 같지 않으니 가벼운 마음으로 써서 건네준 것이었다.

그런데 솔은 그 주 일요일이 되자 우리 집 대문 앞에서 초인종을 눌렀다.

솔은 옆 좌석에서 고개를 끄덕이며 졸았다. 나는 잠이 오지 않아서 가만히 눈을 감은 채 솔과 처음 만난 장면들을 되새김질했다.

그러는 사이 티 인 더 파크에 도착했다. 초원에는 여러 개의 크고 작은 야외무대가 설치되어 있었다. 날이 좋았다. 연일 비가 내렸기 때문에 오랜만에 보는 해였다. 투명한 하늘엔 새털구름들이 지나갔다. 그 사이로 오색의 열기구들이 두둥실 떠다녔다.

우리는 텐트촌을 가로질러 공연장 입구에 줄을 섰다. 소지품 검사를 받고 나서야 입장이 가능했다. 솔은 스태프에게 받은 타임테이블을 들여다봤다. 솔이 만나러 온 자비스 코커는 끝에서 두 번째 순서였다. 우리는 그전까지 다른 가수들의 공연을 관람해야 했다.

솔은 빌리 아일리시를 봐도, 악틱 멍키스를 봐도 시무룩했다. 영국 사람들에게 요즘 인기가 대단한 이탈리아 밴드 모네스킨이 등장해도 뚱한 표정이었다. 슬램을 하는 팬들 사이에서 앞으로 뒤로 떠밀릴 뿐이었다. 솔은 관객으로서의 태도가 빵점이었다. 오히려 가기 싫다고 했던 나만 흥이 났다. 한곳에만 있겠다는 솔을 끌고 분위기가 좋아 보이는 스테이지들을 골라서 이리저리 옮겨 다녔다. 노래가 흐를 때마다 나는 두 손을 위로 흔들었다. 아는 후렴구가 나오면 목청 높여 따라 불렀다. 중간에는 줄줄해서 맥주도 사 마시고 칩스도 먹었다. 케미컬 브라더스가 일렉트릭 음악을 디제잉할 때는 사운드로 흠뻑 샤워하는 느낌이었다.

페스티벌이 시작된 지 반나절이 지났음에도 여전히 솔은 뻣뻣하게 굴었다. 나는 긴장을 풀어주고 싶었다. 솔의 두 손을 억지로 붙들고는 아래위로 큼지막하게 흔들어 보였다. 그럼에도 별 반응이 없어서 나는 발을 높이 점프하며 방방 뛰었다. 고래고래 소리도 지르면서 흥을 돋구었다. 하지만 솔은 내 손을 뿌리쳤다. "나 좀 내버려 둬!" 하고 외치고는 내게서 멀리 도망쳤다. 저럴 거였으면 비싼 돈 들여서 왜 여기까지 온 걸까? 심지어 내 표까지 쟤가 사준 건데. 나는 도무지 알 수가 없었다.

솔이 우리 집에 찾아온 날, 그녀는 두 손에 쿠키 상자와 꽃다발 그리고 주소가 적힌 하얀 쪽지를 들고 있었다. 나는 당황하여 말했다.

"여긴 어쩐 일이야?"

"집. 주소. 너 초대하다. 나."

내가 언제? 혹시 그때 내가 한 말을 잘못 알아들은 건가? 나는 의문은 뒤로한 채 일단 어서 오라고 문을 활짝 열어주었다. 솔은 평소의 개성 넘치는 패션이 아닌 무채색의 단정한 옷차림이었다. 그날따라 얼굴도 유난히 말갰다. 내게 폭발물 전달하듯 쿠키 상자와 드라이플라워를 떠안겼다. 그러고는 집 안에 들어서서 화장실부터 찾았다. 아빠들은 저녁 식사를 준비하다 말고 앞치마 차림으로 솔을 반기러 나왔다. 톰은 러셀의 허리를 한쪽 팔로 감쌌다. 러셀은 톰의 오른쪽 어깨에 두 손을 올렸다. 갑작스러운 방문이었지만 아빠들은 솔을 환영했다.

화장실에서 급한 용무를 보고 나왔는데 눈앞에 사람들이 모여있으면 누구라도 한 번쯤은 흠칫한다. 합법적인 게이 부부를 마주친 솔은 딱 그 정도로만 놀랐다. 생소한 풍경일 텐데도 담담해 보였다. 셋은 나의 개입 없이도 통성명을 잘해나갔다. 러셀이 악수를 청했다. 솔은 일상적인 어조로 "아!" 하고 추임새를 넣었다. 허벅지 근처에 물기를 쓱 닦은 후 러셀과 손을 맞잡고 흔들었다.

어린 시절, 동네 아이들이 아빠들에 관해 물어볼 때마다 나는 허무맹랑하고 괴상한 이야기들을 꾸며댔다. 톰이 그러는데 러셀은 사실 임신이 가능하대. 톰은 까맣고 러셀은 희잖아. 둘을 섞으니까 나는 노란 거지. 나는 이제 그런 이야기를 꾸밀 수 없는 나이가 되었다. 나 입양아야, 솔. 근데 너는 왜 아무렇지도 않은 거니?

아빠들이 되레 놀란 기색이었다. 솔이 한국에서 왔다는 사실을 알고 나자 하느님까지 들먹이며 좋아했다.

"이런 우연이!"

"한나, 너 정말 굉장한 친구를 만났구나."

아빠들은 솔을 다이닝룸까지 극진히 모시고 갔다. 그것만으로 성에 차지 않은지 나까지 채근했다. 솔이 앉을 자리를 어서 마련하라고, 멀뚱히 서있기만 할 거냐고 나무랐다. 나는 헛기침을 뱉으며 의자를 끌어당겼다. 솔은 내가 내민 의자 등받이에 허리를 꼿꼿이 세우고 앉았다. 솔의 다리가 바닥에 닿지 않았다. 발목과 종아리 부근이 공중에서 대롱거렸다. 나도 모르게 웃음이 나왔다. 맞은편의 러셀과 눈이 마주쳤다. 그는 내게 예의 있게 굴라고 경고했다.

솔은 식탁 위에 차려진 음식들을 구경하느라 반쯤 넋이 나갔다. 러셀이 와인 잔을 들고 건배사를 할 때는 테이블 가운데서 타오르는 촛불에 정신을 빼앗겼다. 톰이 로스트비프를 썰어 각자의 그릇에 옮겨주었다. 곁들이 음식이 담긴 접시들은 우리 넷 사이를 돌고 돌았다. 요크셔 푸딩, 데친 감자와 당근볶음, 완두콩 등을 모두 담고 나니 어김없이 하기스 차례가 왔다.

하기스는 내가 제일 싫어하는 음식이었다. 느끼하여 소화가 잘 안 될뿐더러 색깔도 아름답지 못했다. 이런 말을 밖으로 내뱉은 적은 한 번도 없지만, 그냥 똥처럼 생겼다. 그것도 설사 똥. 러셀은 스코틀랜드 출신이어서 때때로 하기스를 만들곤 했다. 나는 그럴 때마다 감자로 배를 채웠다. 어릴 적에는 맛있으니까 자꾸만 먹어보라고 강요하는 두 사람이 나를 괴롭히는 줄 알고 그게 서러웠다. 음식을 뱉으면 양육자에게 버림받을까 봐 헛구역질을 삼키며 먹은 적도 있다. 러셀이 나를 학대하려 만든 음식이 아니라는 건 크면서 자연스럽게 알아갔다. 내가 그것을 먹지 않아도, 맛없다고 안 먹는다 해도 나를 혼내지 않았다. 러셀은 정말로 하기스가 맛있었던 것이다. 어떤 사람은 살코기보다 내장을 좋아한다. 발바닥을 맛있어한다. 곤충도 통째로 튀겨 먹을 수 있다. 각양각색인 것이다. 하지만 세월이 흘러도 익숙해지지 않는 음식은 있었다. 식탁에 하기스를 도로 놓으려고 하는데 솔이 접시를 가로챘다. 거무스름한 양의 내장을 크게 한 덩이 잘라 입에 넣었다. 나는 경악했다.

"그거 네가 생각하는 소시지나 햄 같은 게 아니야."

외국인에게 진입장벽이 높은 음식이었다. 간이랑 심장 따위를 갈아 버무린 거야. 몸짓을 섞어가며 설명했다. 내가 부정적인 뉘앙스로 말하자 러셀이 의기소침해했다. 신경이 쓰였지만 꿋꿋하게 마저 말했다.

"너라면 코티지 파이가 더 입맛에 맞을 텐데."

솔에게 파이 접시를 들이밀며 추천했다. 그녀는 내 말을 무시했다. 하기스를 꼭꼭 씹어 먹으면서 맛을 음미했다. 입맛에 맞았는지 솔은 두세 번 연달아 하기스만 먹었다. 비위도 좋다고 생각했다. 러셀은 눈을 반짝였다. 솔이 하기스를 맛있게 먹는 모습을 보고 반해버린 것 같았다. 입술이 기름으로 번들번들해진 솔은 양 엄지를 추켜세우며 정말 맛있다고 찬사를 보냈다.

솔은 이번엔 미트파이를 공략했다. 톰은 와인 한 잔으로 입가심을 했다. 그러고는 한국의 어느 도시에서 왔느냐고 물어보았다. 톰은 아일랜드 시골 출신이어서 발음이 억셌다. 사투리를 섞어 쓸 때는 나도 못 알아들을 때가 많았다. 솔은 상반신 전체를 톰 쪽으로 기울여서 질문을 듣고는 또렷한 목소리로 서울이라고 발음했다. 핸드폰으로 구글 지도를 확대하더니 손가락으로 특정 부분을 찍어주었다.

내가 말을 걸 때는 귓등으로도 안 듣던 애였다. 배신감이 차오른 채 포크로 완두콩만 뒤적거렸다. 나를 제외한 셋은 화기애애했다. 솔이 서울을 가리키는 걸 보고 러셀은 흥분했다.

"한나도 서울에서 왔어. 출생지는 대전이지만 맡겨진 시설은 서울이었대. 22년 전 여름에 우리에게로 왔지. 만나자마자 첫눈에 반했어. 모포 안에서 꼬물거리는 작은 손과 발이 얼마나 사랑스러웠는지. 말로 다 표현 못 해."

 나도 처음 듣는 얘기였다. 반하다, 꼬물, 작은 손과 발, 사랑. 그런 단어들에 귓바퀴가 화끈거렸다. 애꿎은 물만 들이켰다. 러셀은 꿈꾸는 듯한 표정을 지었다. 톰은 백일몽에 빠진 그를 그윽하게 바라봤다. 러셀의 손 위에 자신의 손을 포개어 감쌌다.

 솔의 짧은 영어 실력으로 긴 수식어가 포함된 문장과 축약된 연음들을 온전히 이해 못 할 게 뻔했다. 하지만 솔은 고개를 끄덕여가며 이해하는 자세를 취했다. 아빠들의 얘기를 듣다가 나를 물끄러미 바라보는 표정이 꼭 그랬다.

 솔이 가방에서 메모지와 볼펜을 꺼냈다. 노란색 포스트잇에 한국어들을 급히 썼다. 곧이어 핸드폰으로 이것저것 입력했다. 그러고는 영단어들을 한 자 한 자씩 종이에 옮겨 적었다. 번역기 어플을 사용하나 싶었는데 어순을 엉망으로 배열하는 걸 보니 그건 아니었다. 솔은 끙끙거렸다. 왼쪽에서 오른쪽으로, 위에서 아래로, 여러 번 썼다 지우길 반복하며 문장을 만들었다. 마침내 표현이 완성되었다. 솔이 어렵사리 입을 뗐다.

 "나와 한나. 공통점 매우 많음. 나도 자랐음. 엄마들에 의해."

 나는 솔이 영어에 서툴러서 말실수한 것으로 생각했다.

천천히 되물었다. 아빠들도 귀를 쫑긋하고 우리에게 주의를 기울였다.

"엄마들? 엄마가 아니고?"

"아니. 엄마가 둘."

솔은 검지와 중지를 펴서 흔들었다. 둘이라는 숫자를 강조했다. 나는 재차 확인했다.

"계모가 있다고? 아빠가 결혼을 두 번 했단 뜻이야?"

솔은 고개를 저으며 부인했다. 아니라는 말을 반복하다가 레즈비언이라고 웅얼거렸다. 솔은 다시 핸드폰에 의지하여 문장을 만들었다. 한참을 영어와 씨름하다 완성시켰다. 메모지에 적힌 문장들을 곁눈질해 가며 더듬더듬 읽었다.

"그녀들. 서로 사랑한다. 한 여자는 내 진짜 엄마. 아빠는 원래 없어. 엄마 혼자 나 낳음. 그 후에 엄마가 사랑해. 여자를 사랑해. 지금은 그 여자도 내 엄마. 그러나 법적이지 않음. 법 없음. 한나도 아빠 둘. 나도 엄마 둘.

나는 조금 한다. 읽는 것과 듣는 것. 그러나 못한다. 말하는 것. 연결 안 됨. 머릿속에서. 한국어 똑같다. 읽기 함, 듣기 함. 말하기 못함. 정말 못함. 엉터리. 5살 아이처럼. 그래서 나는 항상 슬프다. 사람들은 자주 오해한다. 종종 싸운다. 그들과."

모든 말을 듣는 데에는 긴 시간이 걸렸다. 솔은 머릿속에

럼콕을 마시는 보통 사람들

서 먼저 곰곰이 생각을 했다. 그다음 한국어로 할 말들을 옮겼다. 그걸 다시 영어로 번역하는 과정을 거쳤다. 똑같은 얘기를 하더라도 다른 사람들보다 몇 배는 더 품이 드는 일이었다. 그래도 듣는 사람 쪽에서 끈기 있게 기다려주면 하고 싶은 말을 더디게나마 했다. 나는 그들의 대화를 듣기만 했다. 어쩌면 나도 말을 잘 못한다는 부분에서 비슷한 처지가 아닐까? 문득 그런 생각이 들었다.

날이 어두워지면서 페스티벌의 분위기는 점점 고조되었다. 우리의 가라앉은 기분과는 상관없이 조명이 전에 없이 빛났다. 관객들은 환호성을 질렀다. 전광판으로 애타게 기다리던 자비스 코커의 얼굴이 큼지막하게 나타났다. 솔이 내게 보여주었던 펄프 전성기 시절의 병약한 미소년 모습과는 많이 달랐다. 아무렇게나 넘긴 가르마조차 멋졌던 시절이 존재했는데. 세월의 풍파를 맞고 많이 변했다. 윤기 있던 갈색 머리는 온데간데없었다. 희끗한 갈색의 털은 구레나룻과 턱 그리고 코까지 이어졌다. 뿔테 안경은 돋보기인 듯 렌즈가 두꺼웠다. 마른 체형이긴 했지만, 뱃살만 볼록 튀어나왔다. 사이즈가 맞는 남방을 입었는데도 배 부분만 껴 보였다.

세월은 무상했지만 자비스 코커의 인기는 여전했다. 압사

당할 수준은 아니었으나 붐비긴 붐볐다. 잔디밭 멀리서부터 그를 보려고 달려오는 무리도 제법 많았다. 자비스 코커가 첫 무대로 자신의 솔로곡을 불렀다. 솔은 나를 데리고 펜스 근처까지 헤쳐나갔다. 무대는 턱없이 높았다. 주변에는 덩치가 큰 앵글로색슨족 남성들 천지였다. 그들이 조금만 몸을 흔들어도 우리의 시야는 쉽게 가로막혔다.

이어서 '베이비스'의 통통거리는 기타 리프가 들려왔다. 펄프 시절의 인기곡이 흐르자 앞에 있던 앵글로색슨족 남성들이 더더욱 날뛰기 시작했다. 그럴 때마다 솔은 고개를 좌우로 꺾거나 까치발을 들곤 했다. 솔의 체구로는 한 치 앞도 내다볼 수 없었다. 사람들에게 조금만 비켜달라고 부탁을 해도 그때뿐이었다. 이제야 페스티벌에 관심을 가지기 시작했는데 꾸물대는 모습을 방관하기가 괴로웠다. 뒤에 서서 그 애의 조그만 등을 한참 바라보다 몸을 들어 올려줄까 고민했다. 나는 솔의 어깨 부근을 툭툭 쳤다. 솔이 돌아보고는 방해하지 말라는 듯 손을 휘휘 저었다. 그러더니 가방에서 망원경을 꺼냈다. 알아서 잘하는 애한테 섣부른 동정심을 가지지 않기로 했다.

자비스가 껄렁거리며 '디스코 2000'을 부르기 시작했다. 솔은 "여길 봐요 자비스!"라고 외치기도 하고 가사를 따라 부르기도 했다. 광란의 현장이었다. 노래가 끝을 향할수록 자비스는 미친 듯이 무대를 활보했다. 신시사이저를 연주하는 여자의 옆에 멈춰 서서 큰 북을 둥둥 쳤다. 마이크를 잡고 관절이 빠진 것처럼 팔다리를 버둥거렸다. 긴 다리를 이용해 스피커 위에 올라갔다. 관객들을 향해 삿대질을 날렸다. 솔이 내게 소리쳤다.

"나 방금 그와 눈이 마주쳤어. 아빠가 날 가리켰어."

나는 평정심을 가지고 대답해 줬다.

"원래 아래에서 보면 다들 눈 마주쳤다고 하더라."

아빠들은 솔이 동성애 가족 밑에서 컸다는 걸 알고서 더 깊은 유대감을 느낀 것 같았다. 그 후에도 종종 주말 저녁 식사 때 집으로 초대했다. 엄마들은 뭘 하시니, 한국의 LGBT 인권은 어떤 수준이니, 상세히 캐물었다. 나는 그런 걸 물어봐서 뭐 하냐고 끼어들 뿐이었다. 솔은 개의치 않고 열성적으로 답변서를 작성했다.

솔의 엄마들은 가방끈이 매우 길었다. 솔의 생물학적 엄마는 대학에서 역사학 교수를 역임하다 지금은 진보정당의 지역구 국회의원을 지낸다고 한다. 솔의 다른 엄마는 인권 변호사로 활동 중이다. 차별 금지법, 기후 위기, 민주주의, 투

사…… 솔이 난해한 고급 명사를 사용해 가며 이런저런 문장을 만드는 사이 우리는 홍차를 두 주전자나 끓여 마셨다. 러셀이 준비한 어마어마한 양의 타르트와 브라우니도 몇 조각씩 먹었다.

그렇게 식사와 디저트를 마친 솔은 돌아갈 채비를 했다. 나는 더부룩함이 가시지 않았다. 한 손으로 배를 움켜잡고 작별 인사를 했다. 잘 가라며 손을 흔들어주었다. 아빠들은 언제나처럼 내게 매너 타령을 했다. 소화도 시킬 겸 큰맘 먹고 바래다주기로 했다.

솔과 나는 만을 따라 걸었다. 갈매기가 이따금씩 떼로 날아들어 진로를 방해했다. 우린 늘 그랬듯 말없이 걷기만 했다. 미지근한 빗방울이 드문드문 얼굴을 건드렸다. 나는 무심코 하늘 위를 올려다봤다. 솔은 발길을 멈췄다. 나도 따라 섰다. 솔이 가방 안에서 캐릭터 우산을 꺼냈다. 자동식 버튼을 누르자 토토로의 귀가 쫑긋하고 펴졌다. 나를 향해 손잡이를 내밀었다. 들어달라는 뜻이었다. 나는 평소에 저런 우산을 쓰지 않아 창피했지만, 비를 맞는 건 내키지 않아서 어쩔 수 없이 들었다.

빗발이 점차 굵어졌다. 게릴라성 집중호우였다. 귀여운 캐릭터 우산으로 둘씩이나 폭우를 감당하기엔 힘들었다. 삽시간에 팔뚝이 젖었다. 양말이 축축해졌다. 바지 밑단이 검게 물들었다. 비는 머리와 얼굴, 옷까지 흠뻑 적셨다. 속눈썹 아래로 물이 떨어졌다. 습기 때문에 시야가 흐릿해졌다. 눈가를 닦아내느라 정신이 없었다. 그 와중에 솔이 손가락으로 먼 데를 가리켰다. 카디프 베이 끄트머리에서 홀로 천천히 돌아가는 빅 휠이 보였다. 솔이 말했다.

"저거. 타고 싶어."

관람차에 다다르자 비는 소강상태에 접어들었다. 어둡던 대기는 언제 그랬냐는 듯 말끔히 개었다. 적란운 아래로부터 주황색 광선이 쏟아졌다. 오른편에서는 손톱만 한 달 조각이 모습을 드러냈다. 낮에 달이 떴다.

안으로 들어서자마자 나는 무거워진 점퍼를 벗었다. 비틀어 짰더니 물이 바닥 아래로 한 바가지 쏟아졌다. 젖은 머리도 이마에 들러붙어 성가셨다. 손으로 물기를 털어냈다. 어느새 솔이 곁에 와서 앉았다. 내 무릎 위에 휴대용 티슈를 올려놓았다.

솔이 건넨 휴지로 얼굴과 목에 묻은 물기를 닦아내던 중이었다. 아무런 예고도 없이 솔의 뜨거운 손바닥이 내 볼에 닿았다. 남의 살갗이 들이닥치는 바람에 나도 모르게 뒤로 물러났다. 상반신이 벽 쪽에 밀착되었다. 놀란 가슴을 쓸어 안고 솔을 쳐다봤다. 솔은 내 볼에 붙어있던 휴짓조각을 들고 있었다. 무안해졌는지 창밖으로 던져버리고는 건너편으로 물러가 앉았다.

의자가 덜컹거리자 심장이 다시 한번 철렁했다. 공중으로 뜨는 게 느껴졌다. 우리가 타고 있는 휠이 하늘을 향해 조금씩 움직였다. 이젠 도중에 내릴 수도 없었다. 솔이 밑을 내려다보곤 안도의 한숨을 내쉬었다.

"나 꼭 말해야 한다. 가고 싶다."

"어딜?"

솔이 티켓 두 장을 주머니에서 꺼냈다. 한 장은 자기 가슴에 품고 나머지 한 장은 내게 내밀었다. 오랫동안 주물럭거렸는지 종이 모서리가 다 닳아있었다. 대체 뭘 준 건가 싶어서 자세히 들여다봤다. 티 인 더 파크 1일권 티켓이었다. 티 인 더 파크는 글래스턴베리, 레딩 앤드 리즈와 더불어 영국에서 매해 열리는 3대 록 페스티벌 중 하나다. 솔은 어디선가 미리 준비해 온 쪽지를 막힘없이 읽어나갔다. 그 모습이 대본을 줄줄 읽는 발연기 배우 같았다. 이 말을 꺼내기 위해 작정하고 관람차에 탄 모양이었다.

"너는 자비스 코커를 안다. 그는 펄프의 보컬이었다. 그가 바로 나의 친부다."

"친부라고."

록 스타가 자기 아빠란다. "자비스 코커가 네 아빠면 티나 터너는 내 엄마다."라고 말해볼까? 유감스럽게도 내가 보기에 솔은 순도 100퍼센트의 토종 한국인처럼 생겼다.

"말도 안 돼. 너 혼혈이었어?"

솔은 답답하다는 듯 핸드폰을 켰다. 관람차는 느리게 계속 움직였다. 바닷가 한가운데에 있던 커다란 돌섬이 점점 가까워졌다. 와이파이는 불안정했고 검색은 잘되지 않았다. 솔은 미간을 찌푸리며 의자에 핸드폰을 패대기쳤다. 이번에는 노트북을 켰다.

"자비스 코커의 영상. 나의 하드 안에 얼마든지 있다. 매우 많음."

솔은 펄프 폴더, 공연 폴더, 1995년 폴더를 차례대로 열었다. 날짜별로 분류된 미리보기 아이콘들이 떴다. 솔은 그중에서도 글래스턴베리 페스티벌 실황 영상을 재생시켰다.

화면으로 한창 시절의 자비스 코커가 나타났다. 그는 드넓은 무대 위를 방방 뛰어다녔다. 펄프의 최고 히트곡인 '커먼 피플'을 불렀다. 깡마른 학다리를 건들거렸다. 그리고 읊조리듯 노래했다. 필드를 가득 채운 1995년도의 관중들은 저마다 열광하고 있었다.

2021년 티 인 더 파크 페스티벌의 핫 스테이지 마지막 곡은 '커먼 피플'이었다. 베이스와 기타, 드럼 소리가 서로 갈마들며 울려 퍼졌다. 사람들은 가장 유명한 곡이 흐르자 무서운 기세로 환호했다. 그런데도 자비스는 단상에 다리를 걸치고 앉아 시간을 끌었다. 노래를 시작하지 않고 관객들의 애를 태웠다. 세션들의 반주가 도돌이표처럼 계속되는 가운데 자비스가 마이크에 대고 말했다.

"이 곡은 럼콕을 마시는 보통 사람들의 노래."

자비스가 술을 마시고 있는 사람을 가리켰다. 지목당한 만취 청년은 영문을 모르겠다는 표정으로 스태프의 부축을 받으며 스테이지에 올라갔다. 그러자 사람들의 함성이 더욱 커졌다. "머리카락을 자르고 직업을 얻은 사람의 노래."라고 얘기하자 관중들은 "나! 나!" 하면서 다 함께 손을 들고 고함쳤다. 그가 손가락으로 가리킨 짧은 머리의 여자가 뛰어나갔다. "담배를 피우며 당구 치는 사람들." 자비스가 지목하자 이번엔 덩치 큰 남자가 올라갔다. 학교에 다닌 적 없는 사람들. 자비스와 동년배처럼 보이는 아저씨도 올라갔다.

"벽을 기는 바퀴벌레를 보고 아빠에게 잡아달라고 한 사람들."

솔이 두 손을 높이 치켜들고 흔들었다. 돌고래와 흡사한

데시벨로 자비스더러 아빠라고 부르짖었다. 일만 관객이 고요해지는 순간이었다. 나는 알아차렸다. 이번만큼은 자비스가 확실히 솔을 바라보았다. 나는 환호하는 관중들 사이에서 몸을 수그렸다.

"일단 올라타."

내가 등을 내밀었다. 솔은 거절하지 않고 목말을 탔다. 역시 가벼웠다. 나는 거뜬히 몸을 일으켰다. 탁 트인 시야 덕에 솔은 한결 행복해 보였다. '커먼 피플'의 반주 리듬에 맞춰 조심스럽게 몸을 들썩거렸다. 그 움직임이 어깨를 통해서 고스란히 전달되었다. 솔의 종아리를 붙들고 있는 내 손에는 땀이 고였다. 자비스가 말했다.

"거기 목말 탄 하츠네 미쿠 소녀?"

솔이 관람차 안에서 내게 보여준 글래스턴베리 페스티벌의 영상 속엔 어떤 여자가 등장했다. 그 사람이 화면 한가득 클로즈업되었을 때 나는 입을 다물지 못했다. 얼굴엔 반짝이 분장이 화려했다. 등에는 깃털 달린 하얀 날개를 달았다. 가슴엔 금색 유화물감을 칠갑했지만 그건 분명 아무것도 입지 않은 나체였다.

여자는 한동안 카메라에 대고 나체 상태로 춤을 췄다. 영상은 갈수록 가관이었다. 어떤 커플은 군중들 앞에서 유사 성행위에 가까운 스킨십을 적나라하게 나누었다. 신들 났네. 나는 민망해진 나머지 화면에서 눈을 뗐다. 고개를 돌리고 헛기침을 했다.

솔은 얼굴색 하나 바뀌지 않고 초연해 보였다. 노트북 속으로 빨려 들어갈 기세로 온 정신을 집중했다. 내가 바깥의 바닷가 풍경만 관람하고 있다는 걸 자각하자 솔이 소리쳤다. "야, 여길 보라고." 그러더니 나체 여자가 등장하는 부분으로 되돌렸다.

"아니, 왜 굳이 자꾸만 그걸······"

"이게 내 엄마라고."

솔은 나체 여자를 가리키며 "엄마, 나의 엄마."라는 말만 반복했다.

"내 생일은 1996년 5월 25일. 생일을 역산해 봤다. 나는 아마 1996년 5월 25일로부터 10개월 전인 바로 이날 밤 잉태되었다. 틀림없다."

솔은 터무니없는 주장을 정당화했다. 나는 기가 막혔다.

"여기 남자 관객이 얼마나 많아. 그중 한 분이랑 그랬겠지. 네 아버지가 자비스 코커일 리 없잖아."

헛소리에 일일이 대꾸해야 하니 나까지도 헛소리를 하게

된다. 솔직히 남자 관객이랑 우연히 하룻밤 보내고 계산한 날짜에 딱 맞춰 임신되었을 확률도 극히 드물다. 얘는 성교육을 어떻게 받은 거야, 대체. 솔의 엄마들이 친부에 관해서 그동안 철저히 숨겨왔나 보다. 그런 생각만 들었다. 바람이 불 때마다 기계는 삐걱거리는 소리를 내며 흔들렸다. 어느덧 우리가 탄 관람차는 가장 높은 곳에 이르렀다. 나는 멀미가 났다.

"나는 반드시 가야 한다. 내 아빠, 자비스 코커 만나러."

"이것 때문에 영국엘 온 거야?"

솔은 내 물음에도 아랑곳 않고 미리 적어 온 글들을 한꺼번에 읽었다.

"모리세이도 왔다. 톰 요크도 왔다. 데이먼 알반도 왔다. 그들은 모두 한국에 왔다. 그런데 나의 아빠, 자비스 코커만 오지 않았다. 뭔가 마음에 찔리는 일이 있단 얘기다. 자비스 코커는 일본만 숱하게 다녀갔다. 어째서 서울은 오지 않을까? 그것은 숨겨둔 자식이 있기 때문이다. 그래서 내가 여기까지 왔다. 아빠를 만나러."

펄프의 음악이 좋고, 자비스 코커의 팬이기 때문에, 록 페스티벌에 가고 싶다고 한다면 기꺼이 함께 가줄 수 있다. 그런데 왜 이런 허무맹랑한 말들을 늘어놓을까? 나는 날짜를 어림하는 척하면서 망설였다.

그날 일 있다 하고 거절해야지. 표를 돌려주려고 팔을 뻗던 순간이었다. 느리게 잘 움직이던 관람차가 끼익하는 쇳소리를 내며 멈췄다. 기계가 고장이 난 줄 알았다. 벌떡 일어나다가 천장에 머리를 부딪쳤다. 머리를 문지르며 주위를 두리번거렸다. 솔은 우왕좌왕하는 나를 보며 태연하게 말했다.

"바깥 구경. 그래서 잠시 정지."

나는 안심하고 제자리에 앉았다. 솔은 가방에서 노트를 꺼냈다. "플랜 B, 플랜 B." 중얼거리며 종이를 넘겼다. 페이지를 찾은 솔은 큰 소리로 읽기 시작했다.

"우리 엄마들 짜증 난다."

"그게 갑자기 무슨 말이야?"

"우리 엄마들. 싸운다. 운동한다. 멋진 일들 한다. 존경받는다. 멋진 그녀들에게 나는 없다. 예를 든다. 나 여섯 살. 애니메이션 좋아한다. 도라에몽 선물 받고 싶다. 엄마들 말한다. 너 한국 사람. 일본 나쁜 나라. 식민지. 2차 대전. 안 사준다. 도라에몽은 죄 없어. 난 모르겠다. 난 그냥 슬펐다. 엄마 미웠다. 그래서 울었다. 열두 살. 내 생일. 엄마 강의한다. 엄마 재판한다. 엄마 선거운동 한다. 나 케이크 없다. 선물 없다. 생일 잊다. 나 슬펐다. 그래서 울었다. 나 열여덟 살. 나 아이돌 되고 싶었다. 오디션 합격. 엄마들 성 상품화. 절대 안 돼. 노노. 나 슬펐다. 그래서 울었다. 나 피자 먹고 싶다. 안 돼. 콜라 먹고 싶다. 안 돼, 안 돼, 안 돼, 빌어먹을 안 돼. 이제부터 그녀들하고 같이 안 살 거다. 헤어질 것이다. 영원히."

짧은 침묵이 주변을 에워쌌다. 여전히 솔은 노트로 얼굴을 가리고 있었다. 우는지, 웃는지, 그도 아니면 찡그리고 있는지, 종이 너머 솔의 표정을 나로선 짐작할 수 없었다.

"나는 없다. 그녀들에게 나는 없다. 나한테도 이제 그녀들 없다. 그러니까 찾을 거다. 한 번은 꼭 만날 거다. 내 아빠. 자비스 코커."

솔은 친부를 찾겠다는 열망보단 그녀들에 대한 화를 주체할 수 없어 이런 짓을 저지르는 것 같았다. 처음으로 솔이 부러워졌다. 너는 패악이라도 부릴 수 있네. 나는 눈치를 보며 살아야 한다. 집안이 떠나가라 섹스 소리가 들린 다음 날 아침에도 평소와 다름없는 얼굴을 연기하며 아빠들과 마주 앉아 시리얼을 먹어야 한다. 그들이 나를 키워준 고마운 분들이라는 건 안다. 아빠들을 생각하면 언제나 따뜻한 애정이 샘솟는다. 하지만 뱃속 깊은 데서부터 화가 끓어오르거나, 눈물이 그렁그렁했던 적은 한 번도 없다. 이게 괜찮은 건지 나는 모르겠다. 이러고 사는 게 한 편의 가족놀이 연극 같다는 생각이 든 적도 여러 번 있고. 이런 말들을 솔에게 털어놓지는 못했다.

자비스가 솔을 가리키자 모든 이목이 솔에게로 쏠렸다. 솔은 팔을 크게 흔들며 "여기 미쿠, 미쿠!" 하고 외쳤다. 전광판도 우리를 비추었다. 자비스가 귀를 기울이는 몸짓을 했다. 그러고는 전광판을 향해 걸어가더니 모니터 속 솔의 이마에 검지를 콕 찍었다.

"그래, 너 올라와."

솔이 내 어깨 위에서 사뿐히 뛰어내렸다. 솔을 끝으로 더는 무대 위로 관객을 불러들이지 않았다. 계획된 정원이 꽉 찬 모양이었다. 자비스가 설명했다.

"우리 함께 보통 사람들처럼 노래하고 춤추면 돼."

드디어 자비스가 노래를 시작했다. '그녀는 학구열 때문에 그리스에서 왔어'라는 첫 소절을 부르는 동안 무대 아래에서 하얀 연기가 뿜어져 나왔다. 솔의 얼굴이 연기 때문에 흐릿하게 보였다. '세인트 마틴 대학에서 조소를 전공했는데 거기서 날 본 거지'라는 두 번째 가사를 읊조렸을 때는 부끄러워했던 소녀도, 만취한 청년도, 온몸이 타투투성이인 여자도, 다리를 절룩였던 몸이 불편한 아저씨도 일제히 손으로 동그라미 모양을 만들었다. 원을 그린 손을 왼쪽 눈에 가져다 붙였다. 모두가 똑같은 동작이었다.

'커먼 피플'의 박자는 점차 빨라졌다. 노래에 맞춰서 단상 위의 사람들은 막춤을 췄다. 그중에서도 솔이 단연 압권이었다. 그는 자비스와 딱 들어맞는 몸놀림을 보여주었다. 너무나 비슷한 나머지 묘하게 군무 같았다. 가슴과 배를 꿀렁거릴 때의 춤 선까지도 닮아있었다. 그 모습을 지켜보는 관중들도 신이 났다. 나도 어깨를 들썩거렸다.

자비스 코커는 보통의 사람들처럼 살고 싶다는 후렴구를 거듭 되풀이했다. 무대 위의 사람들과 그라운드에 있는 팬들, 그리고 솔과 나는 보통의 사람들처럼 살고 싶다는 가사를 부르짖었다. 마치 이 노래가 영원히 끝나지 않을 것처럼 말이다. 주문 같던 그 소리에 나는 귀가 다 얼얼해졌다. 단단한 지축이 아주 희미하게 흔들린 것도 같았다.

밤하늘에선 분홍색과 연두색의 불꽃이 동심원을 그리며 팡팡 터졌다. 나는 무대 위의 솔을 바라봤다. 솔의 얼굴도 덩달아 색색이 물들었다. 솔이 한국에선 어떤 표정으로 살았는지 모르겠지만 아무튼 오늘은 솔이 웃었다. 그 애의 하얗고 고른 치아가, 오른쪽 볼에 깊게 파인 보조개가 여기까지 다 보일 정도로 환하게 말이다.

솔이 한국으로 돌아가고 벌써 4년이 흘렀다. 아빠들은 이혼 소송 중에 있었다. 톰은 그동안 하기스를 먹는 것이 정말 지겨웠다는 마지막 말만 남긴 채 러셀을 떠났다. 러셀과 나는 집에서 시리얼만 먹으며 끼니를 해결했다. 톰은 그 후 나에게조차 연락이 없었다. 그 무렵 나는 핸드폰만 멍하니 쳐다보고 있을 때가 많았다. 아빠에게서 메일이 한 통이라도 와있길 기다리면서 아침에 일어나 수신함부터 확인하곤 했다. 살면서 처음으로 아빠 때문에 화가 났고, 아빠 때문에 슬펐다.

톰의 메일은 오늘도 없었다. 대신에 나는 [자비스 코커 드디어 한국 온다]라는 제목의 메일을 한 통 받았다. 누가 봐도 그건 솔이 보낸 게 분명했다. 수신함을 열었다. 그래도 명색이 4년 만에 주고받는 연락인데 안녕이라든가, 그간 잘 지냈냐는 안부 인사도 생략한 채 솔은 대뜸 이런 문장으로 시작했다.

그가 왜 내 진짜 아빠인지 궁금하지 않아?

전부터 말하고 싶었는데, 솔, 우린 이제 어른이야. 아빠 같은 거 없어도 돼. 실체로도 필요 없고 상징으로도 필요 없다고. 나는 화면을 향해 의미 없이 중얼거렸다. 머릿속으로는 폐인이 된 러셀과 떠나버린 톰을 생각하면서 말이다. 나는 솔이 쓴 뒤 문장을 마저 읽었다.

그에 대한 내 대답이야.

그러고는 유튜브의 동영상 주소 하나를 링크로 걸어놓았다.

주소를 클릭하자 마이클 잭슨의 1996년도 브릿 어워드 공연 영상이 재생되었다. 암전된 무대에서 지구가 자전하는 모습이 한동안 조용히 흘렀다. 불현듯 지구 모양의 벽이 반으로 갈라졌다. 그 안에서 마이클 잭슨이 성스럽게 등장했다. 노래 제목은 '어스 송'이었다.

제목에 걸맞게 진지하며 장엄한 퍼포먼스였다. 나는 10분 남짓 하는 영상을 핸드폰으로 들여다보는 게 참을 수 없이 지루했다. 빨리 넘기기를 해가며 감상했다. 마이클 잭슨이 드높은 크레인 위에 올라가선 '지구야, 아프지 마. 지구야, 죽지 마' 하고 열창했다. 나는 왜 이런 퍼포먼스에 전율을 느끼지 못하는 걸까? 감흥 없는 무표정한 얼굴로 지켜보았다.

그런데 4분 52초 무렵이었나? 자비스가 무대 위로 쥐도

새도 모르게 난입했다. 눈을 비비고 들여다봐도 그 남자는 자비스가 맞았다. 꽉 짜인 듯한 숭고한 무대 한가운데에서 자비스는 의뭉스러운 얼굴을 하고 멀뚱히 섰다. 마이클은 그것도 모르고 허리를 끄덕거리며 '지구야, 아프지 마', 다리를 쿵쿵거리며 '지구야, 죽지 마'를 열창했다.

자비스가 남의 공연을 망치려고 마구 휘젓고 다녔다. 일종의 사보타주 같았다. 엉덩이를 앞으로 내밀더니 씰룩거렸다. 방귀 뀌는 시늉을 했다. 냄새가 퍼지게끔 엉덩이 주변으로 손을 휘둘렀다. 그제야 상황이 이상하단 걸 알아차린 방송 관계자는 자비스 코커를 잡으려고 뛰어다녔다. 자비스는 경호원과 스태프를 피해 이리저리 도망치는 와중에도 배를 까뒤집어 보이는 것을 빼먹지 않았다.

솔은 동영상 링크 밑에 어떤 설명도 구구절절 늘어놓지 않고 단 두 줄만을 담백하게 적어놓았다.

그 해프닝이 있고 나서 자비스는 이렇게 인터뷰했어. '마이클 잭슨은 자기가 무슨 신인 것처럼 행세한다. 나는 그게 싫다.'

| 작가의 말 |

 고백하자면 나는 지독한 회피형 인간이다. 내가 회피고, 회피가 곧 나다. 해야 할 일에 대해서 머릿속으로 생각만 한다. 해야지, 해야지. 그런 생각만 끝없이 하고 실행에 옮기는 건 한참 뒤. 최후의 최후까지 늑장을 부린다. 미룰 수 있을 때까지 미루다 이제 정말 하지 않으면 나는 파국이다, 라는 자각이 들 때쯤 꾸역꾸역 일을 시작한다.
 나의 이런 행동 패턴은 과제나 일에 국한되지 않고 사람을 대할 때도 마찬가지라는 게 큰 문제인 것 같다. 좋아하는 사람들에게 애정 표현을 미룬다. 고마운 사람들에게 감사 표시를 미룬다. 좋은 일 생긴 사람들에게 축하 인사를 미룬다. 진심을 전하고 싶은 사람들, 같이 밥 한 끼 먹고 싶은 사람들……. 입 한번 떼기가 어려워 언제나 다음을 기약한다. 나의 미루기 스킬 때문에 파탄 난 관계가 한

트럭은 족히 될 것이다.

이렇게 살면 스트레스받는다. 이렇게 안 살면 되는데. 이렇게 살면서 또 스트레스는 무지 받는다. 성격을 전면 개정할 생각은 안 하고 같은 패턴의 삶을 반복하면서 스트레스를 덜 받는 방법만을 고안해낸다. 근심과 걱정을 잠시 잊게 해주는 임시 도구. 바로 잠과 음악이다. 잠만 잘 때도 있고, 음악만 들을 때도 있고, 이 두 개를 동시에 할 때도 있다.

사실 이건 어렸을 때 깨우친 방법이다. 우리 집은 옛날부터 가족들끼리 싸우는 소리로 너무 시끄러워서 밤에 잠을 자지 못할 정도였다. 비명이 난무하고, 물건들이 깨지고 부서지는 소리들로 넘쳐났다. 저 듣기 싫은 소리를 차단할 수 있는 방법은? 더 처절하고, 더 시끄러운 노래로 귀를 틀어막는 수밖에 없었다. 그렇게 하니까 나름 도움이 돼서 바깥은 전쟁터였지만 나는 꿀잠을 잤다.

어느 일본 드라마의 제목처럼 도망치는 건 부끄럽지만 정말 도움이 됐던 것 같다. 난 생존을 위해 정면 돌파하지 않고, 눈을 감고 귀를 막았다. 지금, 여기, 있다는 감각에서 벗어나고 싶어서 귓구멍에 이어폰을 꽂고 다른 나라의 음악을 듣고는 했다. 지금 와서 생각해보면 이어폰이 있는 시대에 태어나서 정말 다행이었다. 만약 내 유년기에 이어폰이 없었다면 어땠을까? 틀림없이 단명했을 것이다.

불행한 환경에 놓인 아이의 생존 플레이리스트는 의외로 신명 난다. 지금이야 생존보다는 회피성 음악 감상이 주여서 아무 장르나 가리지 않고 듣는다지만, 그 당시 내 생존에 도움을 줬던 음악 장르는 '록', 그중에서도 '브릿록'이었다. 드럼과 베이스, 기타와 보컬. 이 네 가지 소리의 조화가 엄청나게 시끄럽기도 하고 또 믿을 수 없게 아름답기도 해서 물리적으로나 정서적으로나 안정제 그 자체였다. 블러, 스웨이드, 오아시스, 펄프……. 이 밖에도 바다 건너 영국의 수많은 밴드들에게 심심한 감사 인사를 전한다. 당신들 노래가 극동의 한 소녀를 구했다.

이들의 노래를 숱하게 듣던 어느 날 갑자기 문득 이런 게 궁금해졌다. 왜 펄프는 한국에서 공연하지 않는 것일까? 한국의 떼창 문화가 싫은가? 블러도 오고, 스웨이드도 오고, 오아시스도 오고. 다 왔는데 말이다. 거기서부터 비롯된 궁금증에 이런 엉뚱한 소설을 쓰기 시작했다. 운명의 장난인지 뭔지……. 이 소설도 나의 회피성이 발현하여 최후의 최후까지 질질 끌며 퇴고를 했다. 그러던 중

놀랍게도 펄프의 내한 소식을 듣게 되었다. 밴드 결성 47년 만에 전격 내한이라는 기사를 접한 뒤 이제 소설을 더는 미뤄선 안 되겠다는 위기의식이 생겼다. 완성하자, 그리고 발표하자고 결심했다.

　이 소설에는 펄프에 관한 사실과 거짓이 여럿 뒤섞여 있다. 단적인 예로 1995년 글래스턴베리 페스티벌에서 펄프가 공연했던 것은 사실이지만 관객들의 정보 대부분은 거짓이다. 2021년의 티 인 더 파크 페스티벌 또한 허구이다. 티 인 더 파크가 영국의 3대 록 페스티벌이라는 사실은 맞지만, 그것은 어디까지나 2016년도까지의 일이다. 2017년부터 티 인 더 파크 페스티벌은 역사의 뒤안길로 사라졌다. 이 축제 역시 올해 들어 다시 부활한다는 소문이 잠깐 퍼졌으나 어디까지나 낭설에 불과했다. 하지만 펄프도 23년 만에 밴드를 재결성해서 한국에 오는 마당에 티 인 더 파크 페스티벌 역시 미래의 언젠가는 다시 열리지 말라는 법도 없다.

화장실 옆 말석이 내 자리란 것을 알았을 때, 까마득한 후배가 나를 보며 누구냐고 옆 사람에게 물었을 때 눈치껏 자리를 떠야 했다. 축하와 감사가 넘치는 이 자리에서 나만 한 시간째 외따로 있다. 몇 년 전만 해도 이런 뒤풀이에 아는 사람이 있었지만 오늘은 없다. 공짜 술을 들고 가라며 나를 불렀던 후배도 어딜 갔는지 보이지 않는다.

상석을 차지한 오늘의 주인공은 본업이 변호사며, 오늘을 포함해 다큐멘터리 영화제에서 두 번이나 상을 받았단다. 이 달에 자기 작품이 개봉한다며 그는 술값을 전부 계산한다고 한다. 후배들이 그에게 축하를 전하는 사이 나는 슬며시 과일 안주를 추가한다.

안주로 나온 파인애플은 아무래도 통조림 같다. 기억을 더듬는다. 예전에 이 가게는 이러지 않았다. 과일 안주를 시키면 토끼 모양으로 깎인 사과와 멜론, 샤인머스캣이 접시에 예쁘게 담겨 있었는데 지금은 통조림 파인애플과 물맛 나는 수박 몇 조각, 알이 작은 청포도 두 송이만 접시에 담겨있다. 시럽 범벅인 파인애플을 씹다가 나는 주인공이 앉은 테이블로 향한다.

축하합니다. 작품 아주 잘 봤어요.

뒤쪽의 삼십 분은 조느라 기억도 안 나지만 예의상 덕담을 건넨다. 주인공은 얼떨떨한 표정을 지으며 감사하다고 한다. 나는 의자를 들고 와 자리에 끼어 앉는다.

변호사예요?

네, 지금은 쉬고 있습니다.

대단하시네. 돈 되는 직업 포기하는 게 쉽진 않았을 텐데.

이죽거리는 게 아니다. 저 사람에게 다큐멘터리 제작은 가욋일에 불과할 텐데 본업 제쳐두고 이 길을 택하다니 박수받을 만하지 않은가. 정말 대단하지 않으냐며 한 테이블에 앉은 후배들을 부추긴다. 후배놈들의 떨떠름한 표정. 그래도 주인공의 면을 세워주는 건 나뿐인 것 같다. 하기야 지금은 작품 준비 중이지만 15년 전엔 나도 이런 자리에서 늘 상석에 앉았다. 그때는 다큐멘터리계의 유망주로 불렸고, 한국의 마이클 무어라는 찬사도 받았다. (마이클 무어는 뭐 하고 사나) 처음 받은 상금으로 양복을 맞춰 시상식마다 입고 다녔다. 술과 음식 냄새가 배었지만, 드라이클리닝 맡길 시간조차 없었다.

원필이, 끗발 좋네.

선배들의 질투와 선망.

양복 두 벌은 더 맞춰야 할 것 같은데요. 앞으로 입고 다닐 일이 많을 거예요.

심사위원들의 은근한 귀띔과 암시.

지금 내 양복에선 묵은내가 난다. 4년 전 선배 장례식에서 입고 오랜만에 걸쳤더니 어깨는 남고 허리 쪽은 꽉 죈다.

주인공의 팔을 슬쩍 주무른다. 전완근이 단단하다.

팔 힘 좋네. 운동 열심히 하나 봐요.

아닙니다. 카메라 들다 보니 저절로……

하기야 나도 입봉작을 찍을 땐 촬영 후 몇 달간 오른쪽 어깨를 쓰지 못했다. 다큐멘터리는 몸으로 찍는 것이니 그럴 수밖에. 그 얘길 흘리니 다들 놀라는 눈치다.

감독님이셨구나. 혹시 입봉작 제목이……

주인공이 묻는다. 제목을 대자 그는 열없이 머리만 긁적

윤회 (당한) 자들 51

인다. 지평설을 믿는 이들을 다룬 다큐멘터리며 장편 대상까지 받았다고 부연한다.

아, 기억나는 것 같네요.

확신 없는 대답. 모르는 게 분명하다. 게으른 녀석. 다큐 하는 사람이면 내 작품을 모를 수가 없는데. 염치도 없이 주인공은 자기 작품 이야기로 화제를 전환한다.

뻰또가 확 상한다. 뭐 트집 잡을 게 없나 살피다 요지로 파인애플을 집는다.

허, 이거 봐라. 여기도 통조림이네?

주인공에게 쏠렸던 시선이 내게로 향한다.

장사 정말 얼렁뚱땅하네. 여기 누가 오자고 했어요?

전데요.

주인공이 손을 든다. 잘 걸렸다 싶은 마음으로 한마디 해준다.

아직 이 동네를 잘 모르나 봐. 여긴 한참 전에 맛 갔는데. 과일 안주 시켰더니 통조림 내는 것 봐.

정곡을 찔린 건지 주인공의 표정이 심상치 않다. 하기야 통조림이 가당키나 한가. 기세에 힘입어 한 마디 더한다.

예전에는 안 그랬는데. 그땐 이런 식으로 안 나왔거든. 다 변했어. 다…….

잘 하는 가게에서 2차를 하자고 하니 막차 끊길 시간이 되었다며 후배놈들이 짐을 챙긴다. 아직 10시도 안 됐는데.

역으로 간다는 녀석들이 먹자골목 방향으로 우르르 흩어진다. 됐다 싶다. 저런 놈들이랑 더 마시면 술맛만 떨어질 테지. 큐에게 전화를 건다. 두 번을 연달아 건 뒤에야 큐는 전화를 받는다. 자다 깬 듯 목소리가 잠겨있다.

아…… 왜요.

왜요는. 어디냐? 나와라.

…… 무슨 일인데요.

무슨 일인지는 와서 듣고. 술 사줄 테니까 나와.

…… 어딘데요?

을지로.

큐가 뜸을 들인다. 택시비도 준다고 하니 20분 내로 온다고 한다.

역 앞 이자카야에 들어가 생맥주 한 잔을 시킨다. 큐를 기다리며 핸드폰을 만지다 관성적으로 네이버에 내 이름을 검색해본다. 기업가 '이원필'이 대표 인물로 올라있다. 내 이름은 동명이인으로 노출될 뿐이다. 네이버에 왜 영화감독 이원필은 후순위로 밀렸느냐는 건의도 해보았지만, 노출 순서는 화제성을 반영하여 조정된다는 냉정한 대답만 돌아왔다.

순전한 호기심으로 주인공 이름도 검색해 본다. 흔한 이름인데도 그는 선순위에 올라있다. 기사도 엄청나게 뜬다. '다큐멘터리계의 새 지평을 연', '신드롬을 일으킨', '전형성을 깨부순'. 그에게 붙은 수식을 살피다 핸드폰을 내려놓는다. 첫 끗발이 개끗발이지. 나답지 않게 삿된 말을 중얼대며 맥주를 들이켜도 분이 풀리지 않는다.

첫 끗발이 개끗발. 그건 내게 해당되는 말 아닐까. 시작이 너무 강렬했던 건지 입봉 이후 몇 편의 작품을 구상했으나 지금까지 한 편도 완성하지 못했다. 어떤 것은 잘될 가능성이 없어서, 어떤 것은 시의성이 떨어지는 것 같아서, 또 어떤 것은 동료가 혹평을 해서…… 그렇게 찍다 말다 반복하다 보니 이 지경까지 왔다. 이젠 마땅한 소재도 없다.

뭐예요? 오밤중에.

큐가 투덜대며 앉는다. 정말 자다 온 건지 슬리퍼 차림에 머리도 부스스하다.

오밤중은 무슨. 10시밖에 안 됐는데.

감독님 모르죠? 10시부터 세로토닌이 분비되는데요. 그게 하루를 좌우해요.

큐는 요즘 미라클모닝 스터디를 하고 있다고 한다. 내일 오전 6시에 기상해야 하고 인증샷도 남겨야 하는데 나 때문에 망했다며 불평을 늘어놓는다.

자는 사람 불러냈으니까 사케 사줘요.

소주 마셔, 인마.

큐는 내 말은 들은 체도 않고 메뉴판을 넘기다 냉 도쿠리에 숙성 회까지 주문한다.

회는 왜 시켜? 내일 6시에 일어난다매. 자기 전에 먹으면 소화 안 되는데……

관두려고요. 슬슬 질리기도 했고.

큐는 모임 중독자였다. 미식 모임에 빠져있을 때는 몇 달 새 20kg이 불었고, 러닝 크루에 소속되어 있을 때는 미식 모임 때 찐 살이 빠져 얼굴이 반쪽이 됐다. 한 번 꽂히면 주구장창 그것만 파는데 그 때문에 질리기도 잘 질렸다.

입봉작을 찍기 위해 지구 평면설을 주장하는 이들과 대면하던 자리에 큐도 있었다. 당시 토목공학과 재학 중이었던 큐는 지평설 맹신자였고, 지구가 투명한 돔으로 덮여있으며 중력이 존재하지 않는다는 것을 입증하기 위해 러시아에서 열린 지구 평면설 국제 콘퍼런스까지 참석했다. 그의 요청대로 작품 편집할 때 실명 대신 큐라는 가명을 썼는데, 어쩌다 보니 그때부터 죽 그렇게 부르고 있다.

근데 감독님이 웬일로 술을 다 사요? 좋은 일 있어요?

언제는 안 샀냐?

지난번에 족발은 내가 샀잖아요. 지지난번에 감독님이 수제 버거 먹자고 한 날도 내가 냈고요.

그걸 하나하나 계산하고 있다니. 속물 같은 녀석. 이러저러한 건 차치하고 큐에게 아까 있었던 일을 털어놓는다. 영화제 뒤풀이, 파인애플 통조림, 그리고 내게 치욕을 안겨준 젊은 변호사 놈. 큐가 고등어회를 씹으며 실소한다.

와, 그 인간 다큐 하면 안 되겠네. 어떻게 감독님 작품을 몰라요?

하나 남은 잿방어를 날름 집어먹으며 큐는 말을 잇는다.

그 새끼 아마 얼마 못 갈 걸요? 그런 말도 있잖아요. 인생 3대 불행. 첫째 소년등과, 둘째 중년…… 빈곤이던가. 뭐, 아무튼 인생의 단맛을 일찍 보면 바로 꺾인다, 이 말이죠.

소년등과. 그래, 그런 말도 있었지. 위안은 안 되어도 해소는 된다. 계산적이긴 하다만 큐에겐 나름 순수한 구석이 남아있다. 무지하긴 해도 추앙을 아끼진 않으니 만나면 자존감도 꽤 올라가고, 나를 감독님이라 꼬박꼬박 불러주는 것도 큐뿐이니 잿방어를 홀랑 먹은 건 이로써 용서다.

야, 넌 요즘 고민 없냐?

고민? 없는데요?

재미있는 일은?

사실 큐를 부른 건 이 때문이다. 뭐 뽑아먹을 게 없을까 해서. 큐는 지평설 모임뿐 아니라 반쪽 퍼즐 맞추기 모임(퍼즐을 딱 반만 맞추고 헤어지는 김빠지는 모임이었다), 자책골만 차는 조기축구회 등 별별 괴상한 모임에 참여했다.

4차원에, 허언증까지 있어서 3년 전에는 성묘 중에 친척들과 UFO를 봤다며 그걸 무조건 영화로 찍어야 한다고 설레발을 쳤다. 결과적으로 큐의 큰아버지가 집안 망신 시킨다며 고소 한다는 통에 출품은커녕 작품을 통으로 날렸지만, 그에 버금갈 만한 사건이 이번에도 있을 것 같았다. 근래에 재미있는 일은 없었냐고 되묻는다. 큐는 생각에 잠기다 곧 실실댄다.

재미있는 일은 아니고 골 때리는 일은 있었죠.

큐는 남은 술을 털어 마신 뒤, 갑자기 양주를 사달라고 한다.

무슨 양주야. 소주 한잔 더 하고 헤어져.

비싼 얘긴데, 여기서 헤어져요?

무슨?

듣고 싶으면 발렌타인 사줘요.

큐의 반응이 심상치 않다. 통장 잔고를 살피니 물류센터에서 받은 급여가 들어와 있다. 발렌타인은 힘들고 조니 워커 정도는 마실 수 있을 듯하다.

조니 워커는 안 되냐?

블루요?

블랙이지, 인마.

큐는 탐탁지 않은 표정을 짓다가 그럼 딱 10만 원어치만 풀겠다고 한다.

∞

큐에게 술을 사고 얻은 정보에 이끌려 어쩌다보니 의정부 녹양아파트로 도착했다.

분홍색 외벽이 다 갈라진 아파트 상가 2층엔 피아노 학원이, 1층엔 슈퍼와 미용실이 들어서 있다. 큐의 설명에 따르면 이 아파트 상가 지하 1층이 그들의 본거지였다. 2층으로 올라가는 계단은 있지만 지하로 내려가는 계단은 보이지 않는다. 지나가던 주민에게 지하로 내려가는 길을 물으니 눈만 끔뻑인다.

여긴 지하 없어요.

6시 6분 6초. 큐는 그 모임이 그때 시작된다고 했다.

감독님, 꼭 시간 맞춰 가셔야 돼요. 1초라도 넘기면 못 들어가요.

큐의 당부가 떠올라 서두른다. 주민 몇에게 더 물어봐도 모른다거나, 지하가 있었나 중얼대며 의아해할 뿐이다. 큐에게 전화를 걸어 상황을 설명한다.

제가 말 안 했어요? 슈퍼 안으로 들어가야 되는데.

슈퍼로 들어간다. 구르프로 머리를 만 아줌마가 카운터에 앉아 TV를 보고 있다. 어처구니없지만 큐의 말대로 암구호 비슷한 것을 대본다.

저…… 툴꾸라는 사람 만나려면 어디로 가야 됩니까?

아줌마의 표정이 심드렁하다.

툴……꾸요. 여기로 가라던데.

한 번 더 물어도 아줌마는 무덤덤할 뿐이다. 쪽팔린다. 아무리 소재가 급하다지만 큐의 뜬구름 잡는 소리를 곧이들은 나 자신이 한심하기도 하다. 전생을 아는 윤회자 모임이라니. 그딴 헛소리를 듣고 여기까지 오다니. 큐에게 욕을 갈기려 전화를 걸 때, 아줌마가 박카스 상자를 내민다.

핸드폰은 여기 제출.

서로 다른 기종의 핸드폰 5개가 박스 안에 담겨있다. 아줌마의 기에 눌려 핸드폰을 상자 안에 넣는다. 아줌마는 내 눈을 뚫어지게 보더니 검지를 까딱한다.

안경 벗어봐.

큐가 무조건 입구 컷 당한다고 했지만, 안경형 캠은 안 들키지 않을까 싶어 쓰고 왔는데 안일했다. 아줌마는 표정 변화 없이 안경을 가볍게 박살 낸다. 잘게 쪼개진 파편이 여기저기로 튄다.

다른 것도 알아서 제출해.

아줌마의 카리스마에 오금이 저린다. 무음 카메라와 힙색에 부착한 고프로까지 모조리 내놓는다.

더 없어?

예. 없습니다.

왼쪽 손목 걷어봐.

마지막 보루였던 시계형 캠까지 빼앗긴다.

여긴 촬영금지야. 또 이러면……

아줌마는 손목을 우두둑 꺾더니 음료 냉장고 옆으로 난 쪽문을 가리킨다. 문에 '고객 상담실'이라는 푯말이 붙어있다. 문을 열자 바로 계단이 펼쳐진다. 뒤에서 걸쇠 잠기는 소리가 난다. 뒷골이 서늘하다. 멈칫하다 다시 내려간다. 계단 아래 철문 틈으로 빛이 새어 나오고 있다. 문 앞에 서자 큐의 말이 떠오른다.

감독님, 노크도 무조건 여섯 번이에요.

왜?

6이 완전수라나 뭐라는데. 그렇게 안 하면 안 열어줘요.

똑. 똑. 똑. 똑. 똑. 총 다섯 번을 두들긴 뒤 숨을 고른다. 큐의 말이 허언이 아니길 빌며 똑, 한 번 더 노크하자 문이 열린다.

긴 회의용 테이블에 사람 다섯이 면접 대형으로 앉아있다. 그들과 마주 앉는다.

테이블 좌측부터 붉은 펜으로 손바닥에 낙서하는 여자→레게 머리를 한 남자→감청색 교복을 입은 중학생→입술은 보랏빛에 눈꺼풀이 처져 졸려 보이는 남자→체크 셔츠 차림의 여자 순으로 앉아 있다. 볼과 턱이 여드름으로 덮인 중학생을 제외하면 나머지는 이십 대 혹은 삼십 대 정도로 보인다. 가운데 앉은 중학생을 흘겨본다. 큐는 저 녀석이 모임의 수장이라고 했다. 피시방에서 욕이나 뱉고 급식에서 햄만 골라 먹을 것같이 생긴 저 녀석을 모두 떠받든다고 했다.

다대일 압박 면접 보듯 분위기가 꽤 엄숙하다. 소재 하나 건지겠다고 이런 짓까지 해야 하나. 짜증이 나면서도 왜 자꾸 허리와 어깨를 꼿꼿이 펴게 되는지, 그들 앞에는 흰 우유가 놓여있는데 내 앞엔 빈 컵뿐인 것이 왜 신경 쓰이는지 모르겠다.

정확히 6시 6분 6초가 되자 싱잉볼 소리가 여섯 번 울려 퍼진다. 사람들이 두 손을 모아 합장을 한다. 얼떨결에 나도 그들을 따라 한다. 파장이 긴 싱잉볼 소리가 완전히 그치자 중학생이 운을 뗀다.

선생의 현생 자字와 연세부터 말씀해 주시지요.

변성기도 안 지난 녀석이 노인네처럼 말하는 게 우습지만 절대 이를 드러내선 안 된다. 허벅지를 꼬집어 웃음을 삼킨다.

이원필. 마흔셋입니다.

낙서하던 여자가 자기 팔에 내 나이를 받아 적는다. 저걸 왜 팔에…… 흠칫하지만 티 내지 않으려 눈을 돌린다. 보라 입술과 체크 셔츠가 소곤거린다.

마흔셋이면 너무 늦지 않아요?

그러니까요.

중학생은 그들에게 정숙하라고 한 뒤 근엄한 투로 질문을 잇는다.

그럼 선생의 전생 자字는 어떻게 되시오.

연습한 대로 답한다.

샹 샤오웡입니다.

샤오웡이면…… 윤회 전 중국인이었단 말입니까?

그렇습니다. 1931년에 베이징 둥청에서 태어났습니다.

다행히 웃지 않고 잘 넘긴다. 그제 밤 스토리를 만드는 중에는 참지 못하고 몇 번 폭소했다. 큐가 핀잔했다.

감독님, 또 왜 웃어요? 슬픈 생각 좀 하시라고요.

그냥 전생에 존 레넌이었다고 하면 안 되냐? 제임스 딘도 괜찮을 것 같은데.

큐는 그 모임 회원들이 그렇게 엉성하진 않다고 했다. 모임에서 영구 제명된 사람들을 알음알음 모아 그 원인을 파헤쳐 본 적이 있는데, 전생에 유명 인사였다고 한 이들은 면접에서 전부 잘렸다고 한다. 존 레넌이 네 명, 안중근이 세 명, 존 F. 케네디와 매릴린 먼로가 각각 두 명, 세종대왕 한 명, 그리고 마하트마 간디는 무려 여덟 명이었다고.

운동가가 인기가 많나 봐요. 저도 전생에 간디였다고 했거든요.

큐는 유명하진 않지만 비범한 캐릭터를 만들어보라고 했다. 사연이 있으면 더더욱 좋다고도 했다.

그놈들을 속이는 건 당연하고 감독님도 스스로 속아야 해요.

설렁설렁 떠오르는 대로 이야기를 지어냈다. 인구가 많은 나라를 꼽다 보니 자연히 중국이 떠올랐고 (그 땅덩이에는 얼마나 다양한 인간이 존재했겠는가) 끌리는 대로 이름은 샹 샤오웡으로 정했다. 마지막으로 사연 있는 직업군을 물색하다 보니 전생의 나는 경극 배우가 되어있었다. (그즈음 본 〈패왕별희〉 영향일 수도 있다)

열 개의 눈동자가 나를 주시하고 있다. 웃음을 참고 몰입해 본다.

나, 샹 샤오웡은 경극의 대가 오릉선에게 사사하여 열한 살에 처음 무대에 올랐다. 창법이 강하고 거칠어 생*을 주로 맡았다. 소리가 고운 단**이 더 인기가 좋았으나 나를 흠모하여 시 한 수를 지어 선물하는 시인도, 금 열 돈을 노임으로 주는 극단도 있었다. 전부 검색엔진에서 짜깁기한 정보다. 이제부터는 슬픈 생각을 해야 한다. 어제는 이 부분에서 자꾸 실소가 터졌다. 그러니 슬픈 생각, 슬픈 생각을 해야 한다.

나는 1966년 8월 23일 참수당했다. 홍위병이었던 조카에 의해서. 조카는 내 아내와 열두 살 난 아들을 죽인 뒤 복수를 방지한다며 태어난 지 아흐레밖에 안 된 딸까지 질식사시켰다. 경극에 재능이 있던 조카는 내가 가장 아끼고 미더워했던 제자였다.

---

* 남자 역할의 배역
** 여자 역할의 배역. 주로 여장 남자가 맡았다.

한번은 조카에게 눈에 혼이 없다고 한 적이 있었지요. 혼이 없는 배우는 배우로서 자질이 없다고 질책했었습니다. 그 말이 억하심정으로 남았던 걸까요?

갑자기 눈물이 흐른다. 최루탄식 클리셰인데도 울분이 북받친다. 몰입한 걸까 혹은 나까지 속인 걸까. 눈물을 닦고 고개를 든다. 보라 입술과 체크 셔츠, 레게 머리, 낙서하는 여자까지 전부 동요하는 것 같은데, 중학생 녀석은 도통 무슨 생각을 하는지 모르겠다. 그저 나를 예의 주시 할 뿐이다. 중학생이 묻는다.

선생의 부모는 어떤 사람이었습니까?

미처 준비하지 못한 질문이다. 주춤하다 순발력을 발휘한다.

현생 말씀이십니까?

전생의 부모를 말하는 겁니다.

그러니까……

식은땀이 흐른다. 이제 다 망했구나 싶을 때 어떤 장면이 머릿속에 번뜩 스친다. 떠오르는 대로 주워섬긴다.

아버지는 둥청의 공장에서 장롱을 만들던 사람이었고, 제 어머니는 그곳에서 일하던 방송 단원이었습니다. 어머니는 아버지의 세 번째 부인이었지요.

자연스럽게 말이 흘러나온다.

다섯 살 때 어머니 손을 잡고 둥청을 떠났다. 학교는 다니지 못했고 퀼런 공장에서 일하다 저희 스승님 눈에 들었지요.

궁하면 통한다니 지금이 그런가 보다. 달변으로 압도하자 중학생의 경계도 조금 풀어진 듯 하다. 녀석이 묻는다.

전생의 풍파가 그리 심했는데도 선생께선 왜 윤회하려 하십니까? 현생에 만족하면 될 텐데요.

간단한 질문이다. 이유도 명확하다. 이번에는 정말 찍어야 했으니까. '다큐멘터리계의 새 지평을 열', '신드롬을 일으킬', '전형성을 깨부순' 작품 말이다. 큐는 사이비종교의 내막을 밝힌 다큐로 넷플릭스와 판권 계약을 한 감독을 예로 들며 나를 구슬렸다.

감독님, 그 모임 골 때려요. 파보면 사이비보다 더할걸요? 잘 찍어서 넷플릭스랑 계약하면 저한테 야마자키 18년산 쏘시고요.

진솔하게 터놓기로 한다. 실패한 다큐멘터리 감독인 나의 상황, 가망 없는 작품들, 이제는 소멸된 듯한 재능.

이렇게 사는 게 정말…… 고통스럽습니다.

고통스럽다는 건 오버 톤이었나 싶지만 정말 가끔은, 고통스럽기도 하니까. 또 눈물이 흐르길 바라지만 두 번은 무리인 듯싶다. 중학생의 눈치를 살핀다. 녀석은 지그시 눈을 감고 사색에 잠기더니 레게 머리를 향해 고개를 끄덕인다. 레게 머리가 지하실 구석에 놓인 냉장고를 열어 우유병을 꺼낸다. 레게 머리는 내 앞에 놓인 빈 컵에 우유를 가득 따른 뒤, 제자리로 돌아간다. 기묘한 정적이 흐른다. 중학생이 말한다.

드디어 새로운 까야가 우리 앞에 왔습니다. 예순한 번째 까야가 윤회하고 약……

낙서하는 여자가 다급히 팔뚝을 걷는다. 오른쪽 팔뚝에 숫자로 된 타투가 새겨져 있다. 여자는 중학생에게로 가 귓속말을 한다. 중학생이 말을 잇는다.

579일만입니다.

앞에 앉은 이들이 환희에 젖은 얼굴로 미소 짓는다. 중학생이 우유를 마시자 다른 이들도 우유를 마신다. 우유 한 컵을 비운 그들이 나를 주시한다. 쭈뼛대며 나도 우유를 마신다. 시원하고 비리다.

샹 샤오윙.

중학생이 내게 말한다.

그대도 곧 완전해질 것이요.

어떻게든 카메라를 숨겨올 걸 그랬다. 이곳은 생각보다 더 골 때린다.

∞

모임은 매월 6일과 12일 오후 6시 6분에 시작된다.

지난 3월부터 석 달간 모은 정보는 이러하다. 까야는 불완전한 '몸'을 의미한다. 쉽게 말하면 버리고 싶은 몸이다. 네 명의 모임원들은 전생에선 완전한 몸을 지니고 있었으나 윤회 '당한' 뒤 까야가 되었다.

낙서하는 여자는 이 모임의 총무지만 간단한 셈조차 자주 틀린다. 전생의 그녀는 1934년 중성자를 발견하여 노벨 물리학상 후보까지 오른 촉망받는 과학자였으나, 윤회한 몸은 배움이 느려 미적분도 이해하지 못한다고 했다. 수에 집착하는 것도 그 때문인 것 같다. Y대 물리학과에 들어가기 위해 5수를 하다 포기했으며 과학기술 R&D를 삭감하는 이 나라에 태어난 것이 불우하다고 입버릇처럼 말한다.

보라 입술은 외모 강박이 심하다. 만날 때마다 화장이 뜨지 않았냐, 코끝이 처진 것 같지 않냐 묻는데, 나는 봐도 모르겠다. 지난주에는 내게 리프팅을 권하기도 했다. 그게 뭐냐고 묻자 알아듣지도 못할 용어들을 늘어놓더니 이렇게 덧붙였다.

샤오윙도 배우였다니까 동질감이 들어서요. 이마만 살짝 당기면 좋을 것 같은데. 필러도 좀 넣으면 괜찮겠다. 아, 강요하는 건 절대, 아니고요.

보라 입술은 스무 살부터 팔 년간 미용에 쓴 돈만 억대라고 한다. 전생엔 '권호'라는 미남 배우였다고 해서 구글링으로 사진을 찾아봤는데 지금의 그와는 전혀 매치되지 않았다.

더워지기 전까진 체크 셔츠가 그나마 평범한 축에 속한다고 생각했다. 본인은 '좆소'라고 하지만 직장도 다니는 것 같고, 다른 애들과 달리 건강이나 연애에도 관심 있어 보였다. 웃을 때마다 드러나는 인디언 보조개가 귀엽다고 생각한 적도 있다. 흑심을 품은 건 아니고 그냥 그랬다는 것이다. 나랑 스무 살 가까이 차이 나는데 언감생심이지.

뭐, 그 마음도 곧 휘발되었다. 체크 셔츠의 양팔은 주저흔으로 뒤덮여 있었다. 한때는 레이저 치료를 열심히 받았으나 이젠 더 이상 흉터를 지우는 데에 돈을 쓰지 않는다고 했다.

원래 제 몸으로 돌아가면 되니까요. 그렇게 생각하니까 편해졌어요.

체크 셔츠는 전생에 말레이계 정치인이었다고 한다. 민족

통합에 헌신한 청렴한 정치인이었다는데, 현생에서는 학교 폭력으로 오래 고통받았단다.

레게 머리는 신비주의 케이스인데, 모임에서도 한마디 하지 않고 뒤풀이도 참석하지 않는다. 뒤풀이라 해봤자 다섯번째 모임 끝나고 부대찌개 먹으러 간 게 전부지만 거기서 나는 꽤 알찬 정보를 캐냈다.

그날 뒤풀이에는 나를 포함해 낙서하는 여자, 보라 입술, 체크 셔츠 셋만 참석했다. 애들이 주문하는 동안 나는 은밀하게 캠이 달린 안경을 썼다. 레코딩 버튼도 길게 눌렀다.

샤오웡, 원래 안경 썼어요?

보라 입술이 물었다. 당황스러워 하다 어쭙잖은 이유를 댔다.

나이 드니까 노안이 와서……

보라 입술은 내 얼굴을 이리저리 살폈다. 긴장감이 엄습했다.

흠…… 뿔테도 괜찮은데 샤오웡은 하관이 쪼금, 아주 쪼금 기니까 무테가 더 어울릴 것 같아요. 아, 강요는 아니고 참고만 하시라고요.

십년감수했다. 무테로 바꿔야겠다고 너스레를 떠니 보라

입술도 그러려니 했고, 다른 애들도 사리를 고르느라 촬영하는 것을 눈치채지 못했다. 찌개가 끓을 동안 넌지시 물었다.

자미로 콰이인가? 그분은 왜 안 왔어요?

자미르 콰메예요.

낙서하는 여자가 단호하게 말했다. 자미로 콰이나 자미르 콰메나 뭐가 다른가 싶었지만 그들에게 맞춰주었다. 이름에서 알 수 있듯 레게 머리는 전생에 아프리카 달리기 선수였단다. 하지만 현생에선 심장이 약한 몸으로 윤회당해 조금만 뛰어도 천식이 오고 심하면 발작까지 일으킨다고 한다.

보라 입술이 말했다.

자미르는 정화 중이에요. 정화 기간에는 완전식품만 먹어야 되거든요.

레게 머리는 여섯 달간 달걀과 두부, 우유만 먹는 중이며 그때부터 지금까지 쭉 묵언 수행을 하고 있다고 했다.

답답하겠네요. 먹지도 못하고 말도 못 하고.

무슨 말씀이세요? 영예로운 일이죠. 부러워 죽겠는데.

나도 운만 좋았으면.

보라 입술과 낙서하는 여자가 토로하자 체크 셔츠가 그들을 다독였다.

다음 사마사라까지 기다리면 되죠. 얼마 안 남았으니까

기다려봐요. 곧 뜻이 닿겠죠.

체크 셔츠가 냄비를 열고 찌개를 휘젓자 가게 사장이 부리나케 달려와 아직 열면 안 된다고 잔소리했다. 체크 셔츠는 밝게 웃으며 죄송하다고 말하고는, 사장이 돌아서자 험악하게 중얼거렸다.

조금 젓은 것 갖고 지랄이야.

낙서하는 여자가 소스라치게 놀라며 목소리를 낮추었다.

유숍, 정어 사용하셔야죠. 카르마로 남아요.

저 아저씨가 먼저 짜증 나게 하잖아요……

빨리 씻어내고 참회하세요.

체크 셔츠는 한숨을 쉬더니 양치 도구를 꺼내 화장실로 갔다. 낙서하는 여자가 내게 말했다.

샤오윙도 육정도 제대로 수행하셔야 해요. 몸가짐, 마음가짐 늘 신경 쓰시구요.

육정도六正道는 이 모임의 지침이었다. 바른 말을 쓰고 바른 생각을 하고…… 뭐 그런 불교 교리인데 이 모임 애들은 이것을 절대시했다. 피곤하게들 산다 싶었지만 명심하겠다고 또 대충 맞춰주었다. 낙서하는 여자가 말을 이었다.

저도 가끔 어기는데요. 그럼 바로 씻어내야 돼요. 108배나 봉사활동, 양치가 가장 효과적이에요.

보라 입술이 말을 받았다.

육정도 지키는 게 제일 어려워요. 근데 툴꾸 님은 정말……

그분이 진짜 성인이시죠.

바로 전 생애밖에 모르는 까야에 반해 '툴꾸'는 이전 생을 전부 꿰뚫고 있는 윤회자였다. 수백 년에 걸쳐 윤회에 윤회를 거듭하며, 환생 전에는 자신이 태어날 곳, 태어날 시간만 남기고 홀연히 사라진다고 한다. 이 모임에서는 대를 거듭하여 툴꾸가 계승되어 왔고 지금 툴꾸가 4대 툴꾸였다. 열반에 이른 성인. 영성이 뛰어난 성스러운 존재. 그게 바로 중학생이었다. 두 번째 모임 때 그 사실을 알고 웃음이 터지려는 걸 간신히 참았다.

툴꾸에게는 총 다섯 개의 반점이 있었다. 복부에 두 개, 가슴에 하나, 왼쪽 사타구니와 허벅지에 각각 하나씩. 애들 말에 따르면 1대 툴꾸는 일제강점기에 총살된 독립운동가 장이걸인데, 장이걸이 총을 맞은 부위가 2대부터 4대까지 몸에 있는 반점 위치와 정확히 일치한다고 한다. 3대 툴꾸가 6년 전 홀연히 사라진 다음 중학생이 그 뒤를 이었다. 이 모임 애들은 3대 툴꾸를 본 적 없었고, 이 모임을 오래 보조해 온 구르쟝만 그에 대해 알고 있었다. 구르쟝은 '문지기'를 뜻하

윤회 (당한) 자들

는데 슈퍼 아줌마를 다들 그렇게 불렀다.

보라 입술이 말했다.

구르쟝이 그러는데 3대 툴꾸는 할머니였대요.

할머니요? 뭐하는 할머닌데요?

몰라요. 구르쟝이 입이 무겁잖아요. 그 이상은 말 안 해주더라고요. 이것도 레이저 시술권 주고 얻은 정보예요.

그렇게 6번 윤회하면 불사의 존재인 아라한이 된다고 하던데 뭐, 초등학생도 안 믿을 이야기였다. 양치하러 갔던 체크 셔츠가 돌아왔다. 낙서하는 여자가 물었다.

카르마는 제대로 씻어냈죠?

네. 잇몸에 피 날 정도로 씻었어요.

잘했어요. 그럼 이제 먹죠.

낙서하는 여자부터 돌아가며 앞접시에 찌개를 더는 동안 나는 안경에 서린 김을 닦아냈다. 카메라는 잘 작동하고 있었다. 이거 잘하면…… 대박 나겠네. 입가에 절로 미소가 지어졌다.

집으로 돌아와 촬영물을 확인했다.

영상의 질은 형편없었다. 소리는 들렸지만 화면에 검은 줄이 끊임없이 일렁였고 얼마 지나지 않아 완전히 블랙 아웃

되었다. USB 포트를 확인하고 부팅을 다시 해도 달라지는 건 없었다. 한참 삽질만 하다 원인을 깨달았다.

아…… 진짜 이 아줌마가……

슈퍼 아줌마가 나 모르게 뭘 건드려놓은 게 분명했다. 분통이 터져 뭐라도 집어던지고 싶은데 던질 만한 게 개다 만 양말밖에 없었다. 현타가 왔다. 양말을 개며 생각했다. 그래, 이렇게 된 거 소리라도 살리자.

가게 안 소음과 목소리가 뒤섞여 살릴 부분이 많지 않았다. 하필 중요한 이야기를 할 때마다 가게 사장이 '지금 열면 안 돼요', '십 분 뒤에 열어요', '오 분 뒤에 열어요' 하고 지시하는 바람에 핵심부가 통째로 묻혔.

하…… 씨발, 되는 게 없네!

튀어나오는 대로 욕을 지껄이고 머리를 쥐어뜯는데 문득 찝찝한 기분이 들었다. 양치라도 해야 할 것 같은 그런…… 어이가 없었다. 벌써 세뇌당한 건가. 허탈하면서도 나도 모르게 입김을 불어 구취를 확인했다.

양치에 세수까지 하고 영상에서 살릴 만한 부분을 다시 추렸다. 낙서하는 여자의 목소리가 들렸다.

저희도 저흰데 진짜 안쓰러운 건 샤오웡인 것 같아요. 윤회당한 걸 너무 늦게 깨달았잖아요.

윤회 (당한) 자들

보라 입술 목소리도 들렸다.

그니까요. 그동안 힘들지 않았어요?

내가 말한다.

예, 힘들었죠.

건성으로 맞장구쳤다고 생각했는데 다시 들어보니 목소리에 진심이 담겨 있었다. 하기야 그동안 힘들긴 했지.

체크 셔츠의 목소리도 들렸다.

괜찮아요. 이제라도 알았으면 됐죠. 세상엔 윤회당한 것도 모르고 평생 꾸역꾸역 살아가는 사람이 더 많아요. 괜찮아요, 샤오윙.

그래요, 샤오윙. 괜찮아요.

맞아요! 스팸 더 드릴까요? 아니면 당면?

착한 건지 멍청한 건지. 나보다 더 불쌍한 애들이 나를 위로하는 걸 듣고 있자니 기가 찼지만 계속 듣고 있으니 위안은 안 되어도 해소는 되었다. 이상한 소리를 하는 걸 빼면 그럭저럭 평범한 애들이었다. 나만큼 힘들고 나 정도로 지치고 나처럼 외로운 애들. 영상의 몇 부분만 크롭했다.

괜찮아요.

그래요, 샤오윙. 괜찮아요.

괜찮아요, 샤오윙.

그 밤 내내 그것을 돌려 들었다.

∞

물류센터 오후 조 업무를 마치고 녹초가 되어 집으로 돌아온다. 8시간 내내 자키 끌고 다니며 박스를 옮기고 적재까지 하니 허리는 끊어질 것 같고 발바닥은 불타는 것 같다. 내가 투입된 센터에는 선풍기도 두 대뿐이라 일을 마치고 나면 속옷까지 먼지와 땀으로 절곤 한다.

몸이 천근만근이다. 대충 샤워만 하고 침대에 누우려는데 중학생에게 문자가 온다.

[금일 19시 20분. 녹양중학교 체육관으로 오십시오.]

금일? 내가 아는 뜻과 다른가 싶어 사전에 '금일'을 검색해 본다. 오늘이다. 아직 9일밖에 안 되었고 정기 모임까지 나흘이나 남았는데 왜 번개모임을 하는지. 짜증이 솟구친다.

아…… 몰라. 안 가. 못 가.

안대를 쓰고 귀마개까지 낀다. 젖은 스펀지처럼 온몸이 무겁고 눈꺼풀은 자꾸 감기는데 정신은 자꾸 또렷해진다. 그래, 목마른 놈이 우물 판다고…… 가야지.

일어나 바지를 입는다. 핸드폰 배터리도 확인하고 야심차게 준비한 소형 카메라도 양말 속에 감춘다. 화각이 넓고 장시간 녹화도 가능하다고 해서 비싸게 샀다. 양말까지 뒤지진 않겠지? 혹시 몰라 양말에 숨긴 카메라를 다시 팬티 속에 감춘다. 오늘은 무슨 일이 있어도 찍어야 한다.

그 안에 뭐야.
슈퍼 아줌마가 내 그곳을 가리킨다. 팬티 속에 감춘 걸 꺼내기 전까진 체육관에 들여보내지 않을 심사다. 눈에 탐지기라도 달린 걸까. 도저히 당해낼 재간이 없다.
내가 꺼낼까, 니가 꺼낼래.
구석으로 가 바지 안을 뒤적인다. 굴욕적이다. 아줌마는 검지와 엄지로 카메라를 집더니 그대로 밟아 무참히 박살 낸다. 치욕스럽다. 아줌마가 고개를 까딱한다.
들어가.
저, 근데 오늘은 왜 모인 겁니까? 6 들어가는 날도 아닌데요.
아줌마는 내 말을 무시하고 정자세로 앞만 본다. 언뜻 봐도 엄청난 광배근, 솟아오른 승모, 위협적인 눈빛. 도저히 덤빌 엄두가 안 난다. 아줌마를 몰래 째려본다. 두고 봐라. 언젠가는 네 행패를 전 세계에 퍼트릴 것이다. 모자이크도, 목소리 변조도 하지 않고 넷플릭스에 얼굴을 그대로 올릴 것이다. 이를 갈며 체육관 안으로 들어간다.

체육관은 생각보다 넓다. 바닥엔 400m 정도 되는 육상트랙이 그려져 있고, 가장 안쪽 레인에서 삭발한 남자가 스타트 자세로 웅크리고 있다. 자세히 보니 레게 머리다. 이제 레게 머리라 부르기 애매할 만큼 머리카락뿐 아니라 팔다리도 털 한 올 없이 맨들맨들하고, 지난번보다 훨씬 수척해져 있다. 민소매 밖으로 드러난 팔뚝이 앙상해 마치 기아 같다. 그의 얼굴엔 긴장이 역력하다. 무슨 상황인지 어안이 벙벙한데 다들 숨죽인 채 그 광경을 지켜만 본다. 체크 셔츠에게 묻는다.

뭐 하는 거예요?

체크 셔츠가 조용히 속삭인다.

사마사라요. 드디어 그날이에요.

오후 7시 27분이 되자 중학생이 체육관 안으로 들어온다. 중학생은 레게 머리에게로 가 귓속말을 한다. 레게 머리의 얼굴에서 긴장이 사라지고 화색이 돈다.

니르바남 가찬투.

중학생이 미소를 머금은 채 합장을 하자 레게 머리도 합장으로 답례한다. 레게 머리가 다시 스타트 자세를 취한다. 상체를 숙이고 턱은 당기고 무릎은 세운다. 중학생이 레인 밖에서 시간을 확인한다. 분침이 29분에 가까워지자 중학생은 총을 든다.

3, 2, 1

총성이 울린다. 총성과 동시에 레게 머리는 전력으로 질주한다. 레게 머리가 레인의 반을 돌 때까지 다들 멍하니 그 광경을 지켜본다. 레게 머리는 팔을 흔들며 힘차게 달린다. 뭐하는 거야, 대체. 생각하다 문득 떠올린다. 근데 쟤 심장병 있다고 하지 않았나.

두 바퀴째에 레게 머리는 헐떡이기 시작한다. 네 바퀴를 돌자 마른기침을 토하고, 반 바퀴를 더 도니 호흡 곤란까지 일으킨다. 레게 머리가 주저앉는다.

누가 좀 말려야 할 것 같은데요.

체크 셔츠는 내 말을 듣지 못한 건지 입만 벌린 채 레게머리를 바라본다. 중학생도 진지한 표정으로 레게 머리를 지켜보고 있다. 말리는 사람은 아무도 없다. 레게 머리가 가슴을 부여잡고 숨을 헐떡인다.

왜 다 구경만 해요? 가서 말려요!

내가 나서려던 차에 중학생이 레게 머리에게 다가간다.

중학생은 레게 머리의 귀에 무슨 말인가 속삭인다. 레게 머리는 가까스로 몸을 일으키더니 다시 뛰기 시작한다. 다리는 후들거리고 몸은 자꾸 휘청거린다. 중학생이 그 옆 레인에서 함께 뛴다. 뭐야, 저거…… 뭐 하는 거야? 욕할 틈도 없이 체크 셔츠를 포함해 다른 애들까지 레인 쪽으로 달려 나간다.

그들은 레게 머리 곁에서 아주 느리게 달린다. 걷고 뛰고 멈추며 나란히 발을 맞춘다. 보라 입술이 소리친다.

자미르, 포기하면 안 돼요!

다른 애들도 목소리를 높인다.

조금만 더 달려요, 자미르!

할 수 있어요!

멀리서 보면 성장 영화의 한 장면 같지만, 가까이서 보는 나에게 이 장면은 호러 그 자체다. 얼굴이 창백하다 못해 잿빛으로 질려가는 사람한테 포기하지 말라고? 할 수 있다고? 몰래카메라 아닌가 싶어 주변을 둘러보지만, 레인 바깥에선 사람 기척조차 들리지 않는다. 장난을 연출할 분위기도 아닌 것 같다. 레게 머리는 지금 피를 토하고 있다. 검붉은 핏덩이가 바닥으로 쏟아지는데 누구도 동요하지 않는다. 레게 머리가 비틀대며 쓰러진다. 피거품을 물며 발작하는 레게 머리를 둘러싼 채 다들 이상한 말만 웅얼대고 있다.

니르바남 가찬투.

중학생이 선창하면 다른 애들이 따라 한다.

니르바남 가찬투.

한참이 지나서야 주술 같은 그 말이 뚝 끊긴다. 둘러서 있는 이들 틈을 파고 들어간다. 레게 머리가 바닥에 뻣뻣하게 누워있다. 입가엔 피거품이 말라있고 손과 발은 꺾여있는데, 눈은 분명 웃고 있다. 황홀경과 마주한 듯 눈빛이 기묘하게 반짝인다.

…… 죽은 거예요?

아무도 답하지 않는다. 조심스럽게 레게 머리의 맥을 짚어본다. 맥박이 뛰지 않는다. 나도 모르게 몸서리가 쳐진다.

씨발, 진짜 죽은 거야?

사람이 죽었다. 사람이 죽었는데…… 다들 담담하다. 불안도, 공포도 느끼지 못하는 것처럼 아니, 오히려 평온한 눈으로 죽은 사람을 구경만 하고 있다.

뭐하는 거야? 이거 살인 방조야!

심장이 떨리고 눈앞은 어질어질한데, 중학생이 무덤덤하게 지껄인다.

자미르는 육근과 육경을 초월해 일심에 이른 겁니다. 이제 본래의 몸으로 돌아갈 테니 그에게는 오늘의 죽음이 시작인 셈입니다.

그게 무슨……

샤오윙, 그대도 보세요. 자미르의 발심이 우리에게 어떤 깨달음을 주는지 말입니다.

중학생 말처럼 다들 흐드러진 꽃이나 비가 갠 뒤 뜬 무지개를 보듯 감탄에 젖은 눈으로 굳어가는 시체를 바라보고만 있다. 낙서하는 여자는 울기까지 한다. 부러워, 부러워. 중얼대며. 다들 머리가 어떻게 된 것 같지만, 사실 나도 제정신이 아니긴 마찬가지다. 이 광경을 보며 가장 먼저 든 생각이 '카메라…… 카메라 어딨지?'였으니까.

아줌마가 체육관 문을 열고 들어와 레게 머리를 흰 천으로 덮는다. 안면부를 덮은 부분에 붉은 피가 스며든다. 아직 흥분이 가라앉지도 않았는데, 중학생이 엄숙히 말한다.

자, 이렇게 예순두 번째 까야가 윤회했습니다. 이제 다음 사마사라에 윤회할 까야를 택할 차례입니다.

중학생이 주먹 쥔 손을 편다. 색색의 종이쪽지 4장이 손바닥 위에 놓여있다. 낙서하는 여자가 그중 하나를 황급히 고르려 하자 중학생이 만류한다.

막스 경은 특히 오래 기다려왔으니 모쪼록 신중을 기하시길 바랍니다.

낙서하는 여자는 주저하다 청색 쪽지를 고른다. 보라 입술은 적색, 체크 셔츠는 녹색을 고른다. 남은 건 백색뿐이다. 아직도 믿기지 않는다. 사람이 죽은 마당에 이게 뭐 하는 짓인가 싶다. 지금이라도 몰래카메라였다고 놀래주었으면 싶지만, 레게 머리는 미동조차 없고 다들 진지하다 못해 경건하다.

백색 쪽지를 펴본다.

'འདིམས་པ'

어느 나라 말인지도 모를 단어가 적혀 있다. 옆에서 보라 입술과 체크 셔츠의 탄식이 들린다. 낙서하는 여자는 주변을 둘러보다 내 쪽지를 확인하곤 간청한다.

샤오웡, 저랑 바꿔주면 안 될까요? 저 벌써 3년째예요. 3년째 기다리고 있다고요.

중학생이 낙서하는 여자를 다독이며 엄숙히 말한다.

막스 경, 운명은 바꿀 수 없다는 것 아시지 않습니까. 단념하시지요.

낙서하는 여자가 오열한다. 중학생이 말을 잇는다.

샤오웡, 그대군요. 그대가 예순세 번째 윤회자입니다.

도대체 무슨 상황이란 말인가. 속이 메스껍다. 그대로 구토한다. 중학생이 등을 두드려주며 나직이 속삭인다.

니르바남 가찬투.

얘네 정말 제정신 아니구나. 중학생을 밀치고 체육관을 뛰쳐나온다.

∞

시간이 어떻게 지났는지 모르겠다.

누가 내 뒤를 밟는 것 같아 일하러 가지도 못 하고 편의점조차 못 가고 집에만 숨어있다. 일주일 전부터는 반대편 건물에서 누가 나를 감시하고 있는 것 같아 커튼을 친 채 생활하고 있다. 물과 음식은 배달이 가능해도 술 담배는 어려워 큐에게 부탁했더니 양념치킨까지 사 들고 왔다. 닭다리를 뜯으며 그동안 있었던 일을 큐에게 모조리 털어놓는다.

매일 모르는 번호로 문자 와. 근데 뒷번호가 6666이야. 어제 새벽엔 누가 문을 두드리는데 취객인 것 같아서 안 열어줬거든? 근데 생각해 보니까 노크 여섯 번 한 것 같아. 아 미치겠다, 진짜.

감독님, 내가 말했죠? 그 새끼들 사이비보다 더 골 때린다니까요. 문자는 뭐라고 오는데요? 경찰엔 신고했어요?

물론 신고는 했다. 물증이라곤 문자 메시지밖에 없지만,

스토킹 증거로는 충분하다고 생각했다. 경찰은 문자를 쭉 읽더니 심드렁하게 반응했다.

선생님, 이건 그냥 안부 인사 같은데요.

경찰의 말대로 문자는 정말 안부 인사로 읽혔다. 식사는 하셨습니까. 새벽 공기가 찹니다. 감기 조심하세요. 협박이 아니었지만 내겐 협박보다 더 공포스러웠다. 경찰이 물었다.

선생님한테 문자 보내는 게 누구라고요?

이름은 모르는데……거기 애들은 툴꾸, 까야 이렇게 부르거든요.

툴…… 뭐요?

툴꾸요. 아니, 그게 중요한 게 아니라 걔네가 저를 감시해요. 맨날 문자 보내고, 저번엔 저희 집으로 찾아와서 노크를 6번 했는데……

경찰이 한숨을 크게 쉬었다.

선생님, 그냥 스팸 처리 하세요.

스팸으로 돌려도 매번 6666으로 끝나는 번호로 문자가 온다고, 걔네가 분명 나를 주시하고 있다고 소리쳤다.

걔들 살인자예요. 아니 살인 집단이에요.

그 사람들이 어떻게 살인을 저질렀는데요?

아까 말했잖아요. 심장병 있는 사람 달리기 시키고, 지들도 같이 달리고 막 이상한 주문 외우고…… 그래서 사람이 죽었다고요.

달리기랑 주문…… 그걸로 사람이 죽나요?

죽었다고요!

증거는요.

증거가 없었다. 없으니 미칠 노릇이었다. 죽은 사람 의료 기록을 떼보면 되지 않겠냐고 물었더니 경찰은 시큰둥하게 답했다.

그 사람들 이름도 모른다면서요. 그리고 달리기 시킨 걸로는 살인 방조죄가 성립되지 않아요.

아니, 걔네들 진짜 수색해야 한다니까요! 번호라도 추적해 주세요. 아니면 나도 죽는다고요!

경찰이 한숨을 쉬었다.

선생님, 혹시 약주 하셨어요?

경찰도 개네 편 아닐까. 검색엔진에 '체육관 살인', '녹양중 살인', '자미르 콰메'를 서치해도 아무것도 나오지 않는다. 내 말을 믿는 건 큐뿐이다. 큐는 나보다 더 흥분한다.

시체는 어떻게 처리했을까요? 땅에 묻었나?

모르지. 야, 그게 중요한 게 아니라……

황산에 담그면 뼈까지 녹는다던데. 그동안 어떻게 안 들켰을까요? 배후가 있을까요?

내 속도 모르고 큐는 영화에서 본 온갖 시체 유기 방법을 대며 어쭙잖은 추리를 이어간다. 속이 느글거린다. 소주를 병째로 들이켠다. 큐도 병뚜껑에 소주를 따라 홀짝인다.

감독님, 거기 다시 가보면 어때요?

어딜?

그 모임이요.

야, 넌 내가 죽었으면 좋겠냐?

큐의 말에 욱한다. 이 새끼 사이코패스네. 욕을 뱉는데도 큐는 눈 하나 깜짝 안 한다.

작품 안 찍을 거예요?

큐의 말에 뜨끔한다. 그날 이후로 매일 작품 생각뿐이었다. 그 장면을 찍었다면 다큐계에 한 획을 그을 수 있었을 텐데, 계약도 할 수 있었을 텐데. 따라올 혜택을 헤아릴 때마다 속이 탔지만 위험까지 감수하며 찍긴 싫었다. 윤회가 말이 되나. 현생만으로도 벅찬데 후생을 기약하는 건 미련한 짓이고, 날조며, 망상이다.

그냥 다른 작품 찍을란다. 그러다 보면 언젠가…… 영감도 오겠지.

정신 차리세요, 감독님. 가만있으면 영감이 와요? 그런 적 있어요?

속이 부글부글 끓는다.

이게 사람을 가르치려고 드네. 야, 이 새끼야, 너 그냥 집에 가.

언성을 높이지만 사실 큐의 말이 맞다. 번뜩이는 발상은 거저 나오지 않는다. 땀도 흘리고 피도 봐야 나온다는 걸 나도 안다. 입봉작 찍을 때도 그랬다. 제작비가 부족해 걸어서 국경을 넘기도 하고, 무비자로 체포된 적도 있다. 그때에 비하면 지금은 간교한 수만 부리고 있는 게 아닐까.

소주 몇 잔을 털어 넣은 뒤 술의 힘을 빌려 큐에게 사과한다.

그래, 니 말이 맞다. 기다린다고 영감이 오는 게 아니지. 근데 나 진짜 거긴 못 가겠다. 걔넨 나를 황산으로 녹이든 암매장이든 할 거라고.

그럼 감독님이 제압하세요. 예전에 태권도 좀 했다면서요.

야, 나 노란 띠야.

큐는 생각에 잠긴다. 소주 뚜껑을 꼬고 손가락으로 튕기다 느닷없이 말한다.

속여요, 그럼.

뚜껑 끝단이 포물선을 그리며 튕겨져 나간다. 큐는 자신의 아이디어를 줄줄 늘어놓는다. 가만히 들어보니 터무니없

윤회 (당한) 자들

긴 해도 불가능하진 않다. 카메라 숨기는 법까지 일러주는데, 듣다 보니 의외로 치밀하기까지 하다. 애가 4차원이라서 그런가. 상상력은 나쁘지 않다.

감독님 전생에 배우였다면서요? 이참에 연기 좀 해봐요.

야, 내가 무슨 연기를 해.

페이크 다큐 찍는다고 생각하면 되죠. 감독들 많이 찍잖아요. 감독님이라고 못 할 거 뭐 있어요.

……그런가?

그리고 감독님 구라 잘 치잖아요.

야! 나보다 진실된 사람이 어디 있다고.

계획을 잘 짜면 어떻게든 되겠지만 그래도 만일에 대비해 플랜B는 만들어둬야 할 것 같다. 큐에게 묻는다.

요즘에도 모임 하냐?

하죠.

이상한 모임 또 없냐고 묻자 큐는 손가락을 접으며 자기가 속한 모임을 열거한다. 2시간 동안 백 걸음만 걷는 슬로우 워커 동호회, 미지근한 물 애호가 클럽, 웃음 참기 모임. 전부터 느꼈지만 큐는 쓸데없이 부지런하다. 나야 소재 찾고 싶어서 이러는 거지만 큐는 왜 쓸데없는 에너지를 소비하는 걸까. 도통 이해되지 않는다.

그렇게 모이면 재미있냐?

그럴 때도 있고 아닐 때도 있죠.

이상한 사람도 많을 거 아냐.

많죠.

근데 왜 하냐?

큐는 뜸을 들이다 묻는다.

감독님, 감독님은 소속이 어디예요?

큐의 물음에 어리둥절해진다. 소속. 내게 소속이 있던가. 한참 고민하는데 큐가 말을 잇는다.

모르겠죠? 근데 사람들은 매번 물어보잖아요. 소속이 어디냐? 학교는 어디냐? 직장은 어디냐? 소속 있는 사람이 얼마나 된다고. 근데 속해 보니까 그래요. 등신들이어도 모이면 단단해져요. 그리고 되게 웃긴데 그 안에 있으면요. 조금 쓸모 있어지는 것 같아요.

큐가 돌아가고 혼자 남는다. 둘이었다 홀로 된 건데 사람 소리가 사라지니 헛헛해진다. 어김없이 문자가 온다.

[내일부터 가을장마가 온다고 합니다. 우산 챙기세요.]

여전히 공포스럽지만 위안이 된다. 그게 참 이상하다.

∞

　이상기후로 겨울이 따뜻하다고 하지만 오늘은 패딩에 목도리까지 둘러야 할 정도로 춥다. 낮보다 밤이 길어서인지도, 여기가 경기 북부여서 그런지도 모른다.

　사마사라는 일 년에 두 번 이루어졌다. 낮이 긴 하지와 밤이 긴 동지. 태양의 고도가 정확히 6도가 되는 시간에 시작되었다. 지난 모임에서 나는 그 사실을 알았다.

　그날 나는 죽기를 각오하고 녹양아파트 상가로 갔다. 11월 12일이었다. 슈퍼 아줌마는 여전했다. 시큰둥하게 사람 훑는 것도, '겉옷 벗어봐', '양말 까봐' 지시하며 카메라 찾는 것도 여전했다. 혀로 입안을 훑었다. 고무 맛이 느껴졌다. 아무리 귀신 같은 그녀라도 혓바닥 아래 숨긴 카메라까지는 찾아내지 못했다. 고무 코팅된 초소형 카메라는 방수 기능이 뛰어났고 콤팩트했지만 아무리 작아도 물고 있으니 발음이 어지간히 새긴 했다.

　다…… 댓소요?

　아줌마가 의심스러운 눈길로 나를 주시했다. 식은땀이 흘렀지만 태연한 척 그녀의 눈을 지그시 보았다. 아줌마가 음료 냉장고 옆 쪽문을 가리켰다.

가봐.

이제 제대로 찍기만 한다면 대작을 낼 수 있을 거라 확신하며 문을 여는데 아줌마가 나를 불렀다.

아저씨.

에?

들킨 걸까. 일촉즉발의 순간 아줌마가 말을 이었다.

착각하는 것 같은데……

에?!

아저씨 내 스타일 아냐. 혀 짧은 소리 내지 마.

문이 닫히자마자 카메라를 뱉었다. 십 년 감수했다. 카메라를 손안에 감추고 노크를 했다. 똑. 똑. 똑. 똑. 똑. 똑.

애들도 여전했다. 레게 머리를 뺀 나머지 셋만 자리에 앉아있었다. 보라 입술과 체크 셔츠는 환대했고, 낙서하는 여자는 나를 본 체도 하지 않았다. 중학생이 넌지시 물었다.

샤오웡, 그간 별고 없으셨는지요?

별고가 왜 없었겠는가. 어느 날은 꿈에 죽은 레게 머리가 나와 이불에 실례를 했고, 또 어느 날은 물류센터에서 적재하다 공황이 왔다. 손해배상 청구라도 하고 싶었지만, 명분도, 증거도 없으니 이만 바득바득 갈 뿐이었다. 카메라를 쥔 손아귀에 힘을 주었다.

덕분에 아주 평안했습니다.

큐는 상가 밖에서 기다리고 있겠다고 했다. 한 시간 동안 연락이 닿지 않으면 큐가 경찰을 대동해 현장을 덮칠 것이고 나는 죽지 않고 이곳의 실체를 밝힐 수 있을 것이었다. 이를 드러낼 기회를 노리며 중학생에게 물었다.

이제 윤회하면 되는 거죠? 뭐부터 하면 됩니까?

그게 무슨 말씀이신지요?

사마사라 말입니다. 오늘 하는 거잖아요.

내 말에 중학생은 애석하다는 듯 조용히 고개를 저었다.

샤오웡, 제가 미처 말씀을 못 드렸군요. 그대는 당분간 사마사라를 할 수 없습니다.

사마사라는 모임 구성원 6명이 채워져야 가능했다. 새 까야가 발탁되어야 나 역시 윤회할 수 있었다.

그러니 기다려야 합니다. 우리가 그대를 기다린 것처럼 말이지요.

그게 언젠데요?

알 수 없습니다. 하지만 분명 오지요. 5인의 까야가 모여야 그대도 완전해질 수 있습니다.

맥이 빠졌다. 사마사라가 하이라이트지, 사실 이 모임 자체는 밋밋했다. 누가 누가 더 불행하고 무력한지 겨루다 우유 한잔하고 헤어지는 게 전부였다. 그런 장면만으로는 극의 맛이 살지 않았다. 도대체 언제까지 이 짓을 해야 한다는 것인가. 다 뒤집어엎을까, 고민할 때 중학생이 말했다.

샤오윙, 이제 그대는 사마사라 사띠를 준비해야 합니다.

그게 뭔데요?

윤회를 숙고하는 과정입니다.

사마사라 사띠는 윤회 리허설이었다. 쉽게 말하면 자살 예행 연습이었다. 레게 머리도 죽기 전, 애들 앞에서 그 연습을 했다고 한다.

샤오윙, 사마사라는 한 번의 발심으로 가능한 것이 아닙니다. 완전한 몸으로 돌아가기 위해서는 삼매해야 하지요. 사띠도 그 과정 중 일부입니다.

윤회 리허설은 사마사라처럼 매년 하지 혹은 동지, 태양의 고도가 정확히 6도 되는 시간에 이뤄졌다.

그리고…… 드디어 오늘이 그날이다.

오후 4시 30분 녹양중학교 강당. 그동안 삼매를 철저히 행한 덕일까. 발걸음이 여느 때보다 가볍다.

∞

삼매는 세 단계로 나뉜다. 초선初禪, 이선二禪, 그리고 삼선三禪.

초선初禪.

중학생은 엿새간 달걀과 두부, 우유를 주식으로 삼으며 몸을 정화하고, 묵언과 명상을 하며 마음을 다스리라고 했다.

사띠 전 6일간은 정말 달걀, 두부, 우유만 먹었다. 반은 자의로, 반은 강제로. 아침마다 집 앞에 계란 세 알과 두부 한 모, 우유 세 팩이 꼬박꼬박 배달되어 안 먹기도 뭣했다. 그 6일간은 유튜브 먹방도 안 보고 자위도 끊고 온몸의 털도 싹 다 밀었다. 팔다리, 겨드랑이뿐 아니라 거웃까지 전부(머리카락과 눈썹은 도저히 밀 수 없었다). 현생의 무게와 괴로움을 후세까지 가져가지 말라는 의미라는데 화장실에 쭈그려 앉아 거웃을 밀 때는 굴욕감 때문에 몸서리가 쳐졌지만, 어쨌든 다 밀긴 했다.

그만큼 최선을 다했다. 작품을 위해.

중학생의 요구만 순순히 따를 생각은 없었고, 내게도 메리트가 있어야 했다.

촬영을 하고 싶은데요.

연유를 말씀해 주시지요.

…… 제 모습을 영원히 남기고 싶어서요. 샹 샤오웡이던 시절의 영상은 문화대혁명 때 유실되었습니다. 제 전생은 세상에서 완전히 사라졌어요. 필름은 배우의 혼을 영원히 보존하잖아요. 지금의 제가 아니라 샹 샤오웡으로 남고 싶습니다. 부탁드립니다.

임기응변이었지만 그게 통한 건지 중학생은 담담히 수긍했다.

알겠습니다. 카메라는 저희가 준비하지요.

이선二禪.

강당 문을 연다. 무대엔 장막이 쳐져있고 그 아래 체크 셔츠, 보라 입술, 낙서하는 여자가 나란히 앉아있다. 보라 입술이 나를 보며 입을 틀어막는다.

와…… 샤오웡. 화장 잘 먹었네요.

나를 투명인간 취급하던 낙서하는 여자도 오늘만큼은 놀라는 눈치다. 중학생은 삼각대 앞에 서있다.

샤오웡, 올라가시지요.

중학생의 말이 끝나자마자 체크 셔츠가 장막을 걷는다. 허리를 곧게 펴고 눈을 감는다. 내 숨소리에 집중한다. 샹 샤오웡을 떠올려본다.

메소드 연기법을 추구한 스텔라 애들러는 이런 말을 남겼다. "네 배역을 너로 만들어라."

샹 샤오윙을 흡수하기 위해 지난 한 달간 경극 영상을 매일 봤다. 유튜브를 틀어둔 채 일도 보고, 매란방의 창을 따라 부르기도 하고, 어설프게 주와 타*를 연습하기도 했다. 학창시절 나는 가창 시험에서 '양'을 받는 학생이었고 ('가'가 아니라 '양'이었던 건 순전히 선생님의 동정표였다) 몸이 굼떠 체육시간마다 교사에게 욕을 먹었다. 평생을 음치에 몸치로 살아왔는데 이상하게 경극의 창은 일주일 만에 제법 따라 할 수 있었고, 2주가 지나서는 손동작이나 몸놀림 따위도 얼추 익혔다.

문제는 자료의 한계였다. 떠오른 대로 한 말이었으나 실제로 문화대혁명 때 자료 대부분이 소실되어 (기막힌 우연이었다) 유튜브에 볼 만한 영상이 없었다. 해외 사이트를 타고 타다 바이두**에서 그나마 괜찮은 영상을 찾았다.

1973년에 촬영된 흑백판 영상이 바이두에 꽤 있었다. 영상이 어떻게 남아 있는 건지 알 수는 없었으나 나로선 그저

---

* 경극에서의 춤과 무술을 이르는 말
** 중국 최대 검색엔진.

땡큐였다. 단이 아닌 생 역이 주가 되는 영상도 있었다.

〈조씨고아〉가 그랬다. 장장 3시간이 넘는 영상이었다. 다 보긴 뭣해 1.5배속으로 틀어두고 핸드폰 게임을 하는데, 불쑥 어떤 목소리가 귀에 꽂혔다. 배속으로 재생시켰던 영상을 다시 돌렸다. 장군인지 무사인지 모를 분장한 배우가 화면 속에서 창을 부르고 있었다. 강하게 내리꽂는 흥성이지만 그 안에 슬픔과 애수가 깃들어 있었다. 나도 모르게 눈물이 흘렀다. 가사를 전혀 알아들을 수 없는데도 이상하게 그 내용이 구구절절 와닿았다. 한 인간의 결핍과 시련, 그리고 고독. 영상을 꺼도 눈물이 멎지 않았다.

그의 이름은 상소영向小英이었다. 번역기를 돌리니 그렇게 나왔다. 1976년 4월 19일 사망했고 〈조씨고아〉가 그의 유작이었다. 나와 접점이 전혀 없는데도 왜인지 그를 알 것 같았다.

그가 어떤 사람이고 부모는 누구며 어디서 태어났고 어떻게 죽었는지까지.

그리고⋯⋯ 말도 안 되지만 그날부터 한 번도 배워본 적 없는 중국어가 방언 터지듯 술술 나오기 시작했다.

삼선三禪.

검고 붉고 흰 물감을 얼굴에 덧칠한다. 전생에서 수차례 혼자 분장을 해왔으니 이 역시 익숙하다. 몇 번의 붓칠만으로 자연스럽게 검보*가 완성된다.

어제는 큐에게 전화를 했다.

감독님, 왜 이렇게 연락이 안 돼요? 그날도 경찰이랑 갔는데 아무도 없어서 헛수고했잖아요. 뭐예요, 진짜.

투덜거리는 큐에게 나는 그동안 깨달은 것들을 터놓았다. 이제야 나도 쓸모를 찾은 것 같다고, 믿을 수 없지만 내 숙명이 무엇인지 이번 기회로 알게 된 것 같다고 말이다. 큐의 헛웃음이 들려왔다.

뭔 소리예요? 연기하는 거예요?

이번엔 현장을 덮칠 테니 모임이 언제 시작하는지나 말해달라는 큐에게 나는 유언일지도 모를 말을 남겼다.

정현아, 너도 이제 이상한 모임 그만 나가고 너를 찾아. 지금 너는 진짜 네가 아니야.

극이 시작되기 전, 분장을 다시 한번 확인한다. 완벽하다.

---
* 경극에서 사용하는 화장법.

마지막으로 홍색 단룡망*까지 걸친다. 거울에 비친 나는 마치 단룡망을 걸치고 태어난 사람처럼 조금의 어색함도 없다. 극의 말미에 사용할 단검까지 꼼꼼히 챙긴다. 〈조씨고아〉의 주인공은 클라이맥스에 가슴에 단검을 꽂고 미소 짓는다. 영예로운 결말이라고 생각한다. 주인공의 최후란 무릇 그래야 하니까.

무대 위로 올라간다. 스포트라이트가 나를 비춘다. 무대는 밝고 강당은 고요하다. 무대 아래서 숨을 죽인 채 나를 황홀이 바라보는 여덟 개의 눈동자를 찬찬히 훑어본다.

내가 큐를 통해 이 모임에 오게 된 게, 하고많은 이름 중 샹샤오윙을 떠올린 게, 사이트를 타고 타다 상소영의 영상을 본 게 과연 기막힌 우연일까. 작품에 대한 투지로 비롯된 예기치 않은 사건인가.

아니다. 이것은 운명이다. 나는…… 윤회당한 것이다. 그것을 나는 너무 늦게 깨달았다.

니르비남 가찬투.

카메라 앞에서 중학생이 합장한다. 그를 따라 나도 경건

---

* 황제, 장군, 재상 등 신분이 높은 역할이 착용하는 예복. 망의 화려한 자수는 계급사회의 위계를 보여준다.

윤회 (당한) 자들

히 손을 모은다.

니르비남 가찬투.

∞

똑. 똑. 똑. 똑. 똑. 똑.

여섯 번의 노크 소리가 들린다. 장발에 휜 뿔테 안경을 쓴 어수룩한 남자가 문을 열고 들어온다. 마흔 후반쯤 되어 보이는 남자는 머리를 긁적이며 묵례를 하고 우리 맞은편에 앉는다. 그의 책상에 빈 유리컵이 놓여있다.

6시 6분 6초가 되고 싱잉볼 소리가 여섯 번 울려 퍼진다. 우리는 두 손을 모아 합장한다. 남자도 눈치를 보다 황급히 우리를 따라 한다. 싱잉볼 소리가 완전히 그친다. 툴꾸가 남자에게 묻는다.

선생의 현생 자字와 연세부터 말씀해 주시지요.

남자가 답한다.

제 이름은 지종호고요. 79년생 양띠고 해가 지났으니까 올해로…… 잠깐만. 계산 좀 할게요. 사십 줄 넘어서니까 띠로 세는 게 편하더라고요.

남자는 말이 많고 목소리 톤도 높다. 막스 경이 남자의 생년을 팔목에 받아 적는다. 유숩과 권호가 소곤거린다.

마흔여섯이면 너무 늦지 않아요?

샤오윙보다 나이도 많잖아요.

툴꾸가 헛기침을 하자 수런거림이 잦아든다. 툴꾸는 늘 그렇듯 진중히 질문을 잇는다.

선생의 전생 자字는 어떻게 되시오?

남자가 답한다.

…… 멜라니 베르니에요. 알피 산맥에 있는 프로방스에서 태어났고요. 요리사였어요. 제가 미각이 뛰어났는데요……

남자는 물 흐르듯 자신의 전사를 이야기하고 우리는 그의 설을 경청한다. 섣부르게 판단하긴 이르지만, 이번에는 느낌이 좋다.

오늘 남자의 이야기를 다 듣고 툴꾸는 고개를 저을까 아니면 끄덕일까. 툴꾸의 표정을 살피며 발원해 본다.

오늘은 부디 저 잔에 우유가 가득 채워지기를, 우리가 완전해질 수 있기를, 그리고 올해가 가기 전에 내가 윤회 당하기 전 내 몸으로, 샹 샤오윙으로 돌아갈 수 있기를.

간절히 발원한다.

| 작가의 말 |

 수레바퀴가 끊임없이 구르듯 생과 사가 돌고 도는 일을 윤회라고 부른다. 믿기 어렵지만, 티베트의 달라이라마가 벌써 14대째 윤회한 걸 보면 윤회란 불가사의는 맞지만, 불가능은 아닐 것이다.
 달라이라마의 영상을 보다 문득 윤회를 '당한' 사람들도 있지 않을까 하는 의문이 들었다. (내 소설은 보통 이런 자잘한 의문에서 출발하곤 한다) 전생과 달리 현생에서는 예상외로 볼품없게 태어나 나라는 존재를 부정하는 윤회자들도 있지 않을까, 그 때문에 다시 윤회를 택하는 자들도 있을 수 있겠지, 그럼 그러한 이들이 모인 모임도 있지 않을까. 이런 의문이 줄기를 뻗어「윤회 (당한) 자들」의 윤곽이 잡혔다.

 불교의 교리에서 돌고 도는 건 죄와 업보겠지만, 사회적

측면에선 계급, 권력, 빈곤, 관습일 것이다. 끊을 수 없는 자본의 굴레로 괴로워하는 이들이 많고, 그 무게가 2030 청년들을 압박하고 있다는 생각이 강하게 드는 요즈음이다. 이는 노년에 가까워지는 이들에게도 해당되는 문제일 것이다.

작품 속 실패한 감독(나는 그가 실패했다고 생각하진 않지만……) '나'도 그렇고, 이 소설에 등장하는 청년들 역시 부조리한 사회적 외피를 탈피하고 싶지 않았을까. 작금의 우리가 평행세계의 '나'를 꿈꾸고, 타임워프나 루프물에 열광하는 것도 그 때문인 듯하다.

이 작품을 집필한 2024년 겨울에는 마음이 시릴 정도로 고통스러운 일들이 많았다.

그러한 고통의 원인을 제공한 용산의 그 사람은 여전히 평탄한 듯 보이나…… 수레바퀴처럼 돌고 도는 생의 과정에서 그 업보가 그를 비켜나지 않으리라 여긴다.

그러한 고통 속에서도 우리를 더 밝은 쪽으로 나아가게 만든 건 한데 모여 촛불을 들고 거리로 나온 이들 덕이라 본다. 나는 그들 역시 하나의 모임이라 생각한다.

'끼리끼리'라는 표현은 유착이나 편파적인 관점에선 부정어지만, 공통된 신념과 가치를 지닌 이들에게 적용해 보면 결속의 의미를 지닌 긍정어임이 분명한 것 같다.

  올 겨울에는 결속의 기쁨을 느끼며 이 요상한 소설을 썼다.

  부족한 작품이지만 이 요상한 윤회 모임에 동질감을 느끼는 독자분들도 더러 있으리라 본다. 모쪼록 즐겁게 읽어주시길 바라며. ∞

임장

성혜령

*

 나는 언제나 연말이 싫었다. 연말은 평가와 면담, 그리고 약속과 모임의 계절이니까. 직장에서든 바깥에서든 사람을 만나는 일은 좀처럼 익숙해지지 않는다. 작년 연말 면담에서는 팀장에게 이런 말을 들었다.
 "인영 씨는 뭐랄까, 열심히는 하는 것 같은데, 일할 때도 그렇고 사람들 대하는 것도 그렇고, 영혼이 좀 없는 느낌?"
 돈은 조금 주고 일은 많이 시키면서 무슨 영혼까지 바라나. 속으로 생각하면서 팀장에게는 "영혼 챙겨 볼게요."라고 답했다. 팀장은 웃었지만, 면담이 끝날 때까지 성과금은 언급하지 않았다.

그날 퇴근길 지하철에는 유난히 사람이 많았다. 겨울에 사람들 틈에 끼어있다 보면 사람이 아니라 외투에 두텁게 밴 온갖 냄새에 갇혀있는 것 같았다. 옷장의 쿰쿰한 습기제거제 냄새부터, 마늘을 가득 푼 시뻘건 국물의 증기, 진득하게 탄 고기 기름, 매캐한 담배 연기와 알코올, 그리고 어디서도 맡아보지 못한, 어떤 사람의 집 냄새라고밖에 표현하기 어려운 냄새까지.

집 냄새. 친구네 집 현관문을 넘는 순간, 그 집의 바닥이나 벽보다 먼저 내게 다가오던 특유의 냄새들.

누구에게도 말한 적 없지만, 나는 반지하에 살던 친구네 집의 냄새 때문에 친구와 멀어진 적 있다. 그때 나는 친구에게 일종의 절교 편지를 썼다. 그 편지에서도 차마 너네 집에 가기 싫다는 말을 할 수 없어서 그동안 전혀 생각지도 않았던 친구의 끝을 흐리는 말투와 머리 끝을 씹는 버릇이 지긋지긋하다고 적었다. 어떤 거짓은 진실의 반대가 아니라 대체일 수도 있다는 사실을 그때 배웠다.

지하철이 환승역에서 평소보다 오래 서있다 갑작스레 출발했다. 누군가 내 발을 밟았다. 자기가 넘어지지 않으려면 나를 밟아야 한다는 듯 꾹. 그 순간, 속에서 욕 대신 이런 문장이 튀어나왔다.

  아, 나는 정말 영혼이 없구나.

  집에 도착하니 오래 졸인 된장국 냄새가 났다. 엄마는 부엌 식탁에 앉아 핸드폰으로 음모론에 가까운 정치 유튜브를 보는 중이었고 아빠는 거실 소파에 누워서 코를 골며 초저녁 잠에 빠져있었다. 엄마가 핸드폰에서 눈을 떼지 않은 채 저녁을 먹고 왔냐고 물었고, 나는 저녁을 먹지 않았지만, 고개를 끄덕였다. 엄마는 내 쪽을 힐끗 보고 다시 핸드폰으로 시선을 옮겼다. 내가 고개를 저었다 한들 달라졌을 것 같지 않았다. 중년 남성이 갈라지는 목소리로 인권 변호사 출신인 전 대통령을 공격하는 말들이 집안을 가득 메웠다. 이, 이, 사람 하나, 잘못 뽑아서, 나라가, 이게, 이게, 아주, 꼴이, 말이, 아니게 됐어, 나랏돈을, 아주, 똥개가, 뭐 싸듯이, 썼어. 방으로 들어가 문을 닫아도 그 소리가 따라 들어왔다. 나는 지하철에서부터 끼고 있던 이어폰의 볼륨을 높이며 생각했다. 내가 영혼이 없는 것은, 집이 없기 때문이라고. 진짜 집. 내 집. 내가 들여놓은 것으로만 가득한 그런 집.

  그해의 마지막 날, 나는 해가 바뀌는지도 모르고 늦은 새벽까지 여러 지역의 부동산 매물을 검색했다. 첫 직장을 다니기 시작했을 때도 집을 알아본 적 있었지만, 월급은 적었고 나가는 돈을 생각하면 엄두가 나지 않았다. 어느 지역을 살펴봐도 5년 전보다 가격이 두 배는 오른 것 같았다. 크게 불편하지 않은 교통에 적당한 상태를 지닌 집을 찾으면 터무니없이 비쌌다. 바보같이 '싸고 적당한 집 찾는 법'을 검색하다가, 방치된 듯한 블로그에서 부동산 스터디 모집 글을 봤다. 소개는 간단했다.

자기만의 집을 홀로 마련해야 하는 직장인 여성 모임
—성실하지만 요령 없는 분들 환영합니다.

나만의 집을 부모님의 도움 없이 마련해야 하는 직장 다니는 여자, 는 맞았고, 성실한지는 모르겠지만, 요령은 확실히 없는 것 같았다.

나는 그때까지 어떤 모임에도 속해본 적 없었다. 타인을 친절하게 대할 줄은 알았지만, 그들과 친밀해지는 법은 영영 배우지 못했다. 누군가와 조금이라도 친해지면 항상 내가 그를 불편하게 할까 봐 초조했고, 반대로 다른 사람으로 인해 불편한 감정을 느끼는 것도 견디기 어려웠다. 선천적으로 타인에 대한 역치가 극도로 낮게 설정된 것 같다는 생각을 자주 했다. 아주 어렸을 때부터 나는 아이들이 얼마나 빠르게 끼리끼리 그룹을 형성하는지 늘 한발 늦게 알아차리는 애였다. 무리 밖에 있는 아이는 따돌림의 대상도 되지 않는다. 교실에 놓인 책상과 별다르지 않은 존재. 어쩌다 나처럼 동떨어진 아이와 친해져도, 줄이 틀어지듯 관계는 쉽게 끊어져 버렸다. 성인이 되어서는 어디서나 소문이나 소식을 가장 나중에 듣는 사람이었고. 애초에 모임 같은 곳에 초대되지도 않았지만 어쩌다 끼게 되어도, 사람들이 서로의 존재감을 드러내고 인정을 갈구하고, 또는 누군가를 무시하거나 억누르려는 기미를 눈치채는 순간 도망쳐 나오곤 했다. 하지만 이왕 영혼의 집을 마련하기로 결정한 김에, 영혼도 조금 손보면 좋을 것 같았다.

3년 전 글이라 기대 없이 댓글을 남겼는데 바로 다음 날 블로그 주인으로부터 쪽지가 왔다. 블로그 주인은 내 나이와 성별, 직종과 현재 거주지역, 그리고 어쩌다가 이 블로그에 오게 되었는지 물은 뒤, '싸고 적당한 집'을 찾는 사람이면 정말 요령이 없는 것 같다는 말과 함께, 나를 선뜻 1월 모임에 초대했다. 그렇게 나는 새해부터 정말 새사람이라도 된 것처럼 모임에 나가기 시작했다. 1년도 지나지 않아 내가 아니라 다른 사람이 먼저 사라질 줄은 몰랐지만.

그냥 다른 사람도 아니고, 모임장이 모임을 떠난 것 같았다. 떠난 게 아니라 버린 건가.

12월이었고, 다시 연말이었다. 그달은 모임장인 민연 언니의 동네로 임장을 가기로 했다. 동네를 둘러보고 난 뒤에는 민연 언니가 자주 간다는 이자카야에서 송년회 겸 저녁까지 먹기로 약속했다. 언니의 동네는 재개발 소문만 무성한 언덕바지였다. 역 앞은 광장처럼 뚫린 오거리였고 거기서부터 비탈을 따라 여러 갈래로 골목이 뻗어있었다. 골목마다 오토바이가 끝없이 오갔고 경적이 어디선가 솟아올랐다. 눈이 조금씩 내리기 시작했다. 검은 코트에 명품 로고 패턴의 숄을 두른 다희 씨와 검은 패딩에 빨간색 목도리를 두른 강은 씨가 도착했다. "왜 다 검은색이에요?" 내가 묻자, "자기는?" 하고 다희 씨가 내 검은색 털 점퍼를 가리키며 웃었다.

스무 살 때부터 자취를 시작해 10년간 이사를 여덟 번 다니면서 삼십 대에는 꼭 내 집 마련을 하기로 결심했다던 다희 씨가 민연 언니에게 계속 전화를 걸었고, 부모님과 살면서 정신적으로나 경제적으로 완벽한 독립을 준비하고 있다는 강은 씨는 언니가 어디 숨어있기라도 한 것처럼 사방을 둘러보며 돌아다녔다. 나는 가장 늦게 합류한 사람이고, 이들만큼 언니를 잘 알지도 못하므로 가만히 있기로 했다. 그건 언제나 내가 가장 잘하는 일이었으니까.

우리는 발을 구르고 손에 입김을 불어가며 삼십 분을 더 기다렸지만 민연 언니는 연락도 받지 않았고 나타나지도 않았다. 모임이 있을 때면 언니는 늘 가장 먼저 나와 우리를 기다리던 사람이었으니 우리도 카페로 들어가 조금만 더 기다려보기로 했다. 그때까지는 아무도 언니가 정말 오지 않으리라고 생각하지는 않았던 것 같다. 아니, 적어도 그런 말을 먼저 꺼내는 사람은 없었다. 겨울 해가 일찍 기울어 어두워질 때까지 우리는 통유리 너머로 훤히 내려다보이는 거리를 바라보며 창가 자리에 앉아있었다. 사람들이 역 앞에서 누군가를 끊임없이 기다리고 만나고 헤어졌다. 카페에서는 높은 웃음소리와 격양된 음성, "아, 그 새끼가……" 하는 앳된 목소리들이 눈송이처럼 홀홀 날렸다. 음료를 두 잔씩 시키고, 카페에서 파는 모든 종류의 베이커리를 다 시켜 먹어가며 저녁 시간을 훌쩍 넘긴 후에야, 다희 씨가 말했다.

"파투네요."

파투. 회사에서 중요한 발표를 맡아 아나운서 학원까지 다니면서 준비를 했다는 다희 씨답게 명확한 발음이었다.

"지난번에, 그 시장 근처에 있는 아파트 단지 갔을 때, 그때 민연 언니 표정이 좀 안 좋지 않았어요?"

강은 씨가 꽤 오랫동안 아무도 가져가지 않아 남아있던 마지막 빵 조각을 조심스럽게 가져가 베어 물며 물었다. 집 주변에 진정한 맛집이 있는지가 중요하다던 강은 씨가 볼을 우물거리는 모습이 천진해 보여서 우리는 잠깐 웃었다.

지난 1년간 우리는 각자 가고 싶은 동네를 골라서 사전 조사를 하고 함께 임장을 다녔다. 아무것도 모르던 나도 실거래가를 확인하고 가격의 변동 추이를 보며 고점, 전고점 등을 짚을 수 있었고 전반적인 금리 상황이나 오래된 건물의 관리 여부와 주변 인프라를 평가하는 방법도 알게 되었다. 민연 언니를 비롯해 나보다 먼저 들어온 다희 씨와 강은 씨는 특별히 끈적하지도 차갑지도 않은, 한마디로 어른스러운 태도로 나를 맞았고, 나도 그들처럼 사회생활을 잘하는 어른인 척하며 모임에 낄 수 있었다.

모임장인 민연 언니는 내게 특히 어른처럼 보였다. 언제나 편안해 보이고 깔끔한 옷을 입고 있었는데 실은 한 벌에 몇백만 원씩 하는 옷들이라는 것을 알게 되어서만은 아니었다. 꾸준한 필라테스의 효과일 수도 있겠지만 보다 근원적인 코어 같은 게 언니에겐 있었다. 오로지 자기가 번 돈만으로 이룬 성공에서 오는 단단한 자부심이랄까. 언니는 스무 살 때부터 일을 시작해 매일 편의점 폐기 음식만 사서 먹을 정도로 지독하게 돈을 모은 뒤 구축 아파트 매매에서 재개발을 거쳐 부동산 가격 폭등 시기에 순조롭게 자산을 불려나갔다고 했다. 그러다 결정적으로는 코인 투자에 성공해 꼬마 건물주가 되었다고 자신을 소개했다.

언니는 우리에게 아파트 재개발 뉴스나 지하철 연장, 매립지 이전 등 부동산에 관련된 소식은 무엇이든 공유하면서도, 절대 투기 같은 요령을 알려주려는 게 아니라고 덧붙이곤 했다.

"우리는 투기를 하려는 게 아니지만, 정말 어렵게 벌어서 살 집인데 이왕이면 가치가 증가되는 쪽으로 선택해야 하잖아요. 우리 같은 사람들은 실패할 여유가 없으니까."

우리 같은 사람들. 언니는 그 말을 자주 했다. 나는 그 말을 들을 때마다 언니가 정말 자신을 우리와 같은 사람이라고 생각할까 의문이 들다가 곧 죄책감에 빠지곤 했다. 나부터 모임에 있는 누구도 나와 같은 사람이라고 생각하지 않았으니까. 다희 씨는 초봉이 지금 내 연봉의 거의 두 배인 대기업에서 일했고, 남의 성과에 기생하며 발전할 생각이 없는 '고여 있는' 직장 사람들을 싫어했다. 정년이 보장되는 공공기관에 다니는 강은 씨는 누구와도 편하게 대화할 수 있는 사람이었다. 다른 사람의 말에 어색한 얼굴로 고개만 끄덕이는 나와 달리 항상 적절한 맞장구를 치고 대화에 녹아드는 사람. 그들과 어울리기 위해서 나는 내가 아닌 척해야 했다. 인기 있는 드라마나 영화 줄거리를 검색해서 본 척했고 내가 회사에서 한 실수들을 가상의 '일못러'가 한 듯 말했다. 다희 씨가 일을 못하는 사람들은 정말 피곤하다고 말하면 고개를 끄덕였다. 정말, 민폐를 끼치는 사람이 너무 많죠.

"지난번에? 그 시장 있는 동네요?"

내가 묻자 강은 씨가 고개를 끄덕였다.

"별일 없지 않았나?"

다희 씨의 말에 강은 씨가 답했다.

"무슨 일이 있었던 건 아닌데, 우리가 그날 홍등가 지나면서 말을 좀 심하게 했나 하는 생각이 갑자기 들어서요."

"그게 왜요?"

내 물음에 맞은편에 나란히 앉아있던 다희 씨와 강은 씨가 나를 똑바로 바라봤다.

"민연 언니, 강남에서 밤에 일해서 돈 번 거, 몰랐어요?"

"그런 게 아니면 평범한 직장인이 어떻게 삼십 대에 건물주가 됐겠어요."

이번에도, 나는 가장 나중에 소문 혹은 소식을 들은 사람이었다.

*

그날 우리가 임장을 간 곳은 재개발이 한창인 외곽 도시였다. 막 들어선 신축 아파트 단지 바로 옆에 재개발에 반대하는 상인들이 시위하듯 거리에 나와있는 재래시장이 있고, 그 안쪽으로는 홍등가까지 연결되어, 전혀 다른 세계를 누가 뚝 잘라 억지로 이어 붙인 것처럼 보였다.

그 지역은 다희 씨가 사전 조사를 해 왔다. 주변 환경이 '지저분'해서 분양권이 다른 재개발 지역에 비해 크게 오르지 않았다고 했다. 다희 씨가 임장을 준비해 온 날에는 보통 아파트 단지들을 보러 다녔다. 다희 씨는 확고한 아파트론자였다. 전쟁이 나지 않는 한, 서울에서 대단지 아파트값이 떨어지는 일은 없다고 믿었다. 나는 영혼을 끌어와도 살 수 없을 정도로 비싼 데다 분양도 까다로운 신축 아파트에는 관심이 없었지만, 아파트 단지를 구경하는 일이 싫지는 않았다. 어떤 단지에서는 노인들끼리 모여 앉아 화투를 치다가 싸움이 나면 경비가 달려오기도 했고, 화단마다 빨간색 궁서체로

'훔쳐 가면 절도죄로 신고함'이라고 쓰인 팻말이 붙은 곳도 있었다. 분위기는 다 달랐지만, 공통점은 있었다. 단지 내에서는 외부인과 내부인이 늘 명확히 구별된다는 것. 주민들은 편한 옷차림을 하고 여기가 '내 구역'이라는 듯 당연하고 당당하게 걸었다. 우리는 언제나 외부인처럼 입었고, 외부인처럼 걸었다. 출입이 되지 않는 고급 단지들을 구경할 때는 담장을 빙빙 돌며 보안 장치를 통과하는 사람들을 유심히 살폈다. 저 사람들은 어떻게 이런 곳에 살게 되었을까, 궁금해하며.

11월 셋째 주였는데도 초겨울이 아닌 초가을처럼 해는 내리쬐고 푹한 날이었다. 그날 우리는 아파트의 내부까지 보기로 했다. 입주 포기로 추가 분양 예정인 집이었고 사전 신청한 인원에 한해 공개 중이었다. 역에서 아파트 단지로 가는 가장 빠른 길은 시장을 가로질러야 했다. 정비가 전혀 안 되어 있는 노천 시장은 한눈에도 변화를 완강히 거부하는 것처럼 보였다. 패인 바닥에는 비린내 나는 물이 고여있고, 대부분의 점포는 어쩐지 시들어 보이는 야채나 과일, 화려한 무늬의 옷가지와 석유 냄새가 쨍하게 풍기는 신발들을 무더기로 쌓아두고 있어 그 너머에 있는 사람이 보이지도 않았다. 우리가 시장에서 본 유일한 사람은 길 한편에 앉아서 우거지를 다듬던 할머니였다. 새까맣게 염색한 듯한 머리를 쪽 지은 할머니는 엉덩이에 의자를 고무줄로 묶은 채 주저앉아 우거지를 다듬다가 우리가 지나가자 바닥에 버려진 쭉정이들을 황급히 손으로 쓸어 고무 대야에 담았다. 시장을 빠져나올 때쯤, 강은 씨가 말했다.

"아까 할머니, 그 버린 잎사귀 다시 파시려는 건 아니겠죠?"

"우리가 밟을까 봐 치워주신 것 같은데."

민연 언니의 말에 강은 씨가 자기 신발 안쪽을 살폈다.

"가끔, 버스 정류장이나 지하철이나, 이런 길거리에 그냥 멍하게 앉아있는 할머니들 있잖아요. 나는 좀 무서워요."

다희 씨가 말했다.

"나도 그렇게 될까 봐. 사람들은 다 자기 삶이 있다고 자랑하듯 바쁘게 지나다니는데 나 혼자 거리에 하염없이 앉아있게 될까 봐."

가만히 있는 사람이 되는 게 무서운가? 죽을 때까지 늙은 몸 이끌고 돈 벌려고 돌아다니는 게 더 무서운데. 그런 생각이 들었지만 아무 말도 하지 않았다. 우리는 다 자기만의 집에서 오롯이 혼자 사는 미래를 꿈꾸고 있었지만, 다희 씨와 나의 미래는 연봉 차이만큼, 아니 그 이상으로 다를 테니까.

아파트는 모델하우스처럼 모든 곳이 반짝이고 깨끗해 보였다. 우리는 입주 전에 하자를 찾으러 온 사람들처럼 벽을 두드려보고, 붙박이장 문도 열어보고, 화장실 변기 물도 내려봤다. 민연 언니는 항상 들고 다니는 태블릿 피시에 점검 사항들을 체크하며 돌아다녔다. 큰 문제는 없어 보였다. 이미 입주 예정자들이 한 차례 하자 보수를 요청해서 처리한 뒤라고 했다. 전체적으로 베이지와 흰색 톤으로 마감한 인테리어에 시스템 에어컨도 옵션으로 포함되어 있고, 엘리베이터도 집 안에서 호출할 수 있었다. 방 두 개에 화장실 하나뿐인 소형 평수였지만 큰방에 드레스 룸도 딸려있었다. 수납공간도 깔끔하게 빌트인 형식이어서 이런 곳에서라면 지저분한 것들은 전부 숨기고 정말 새 인생을 살 수도 있을 것 같았다.

단지, 한 가지 신경 쓰이는 게 있었다. 처음 집에 들어왔을 때부터 묘하게 신경이 곤두선다 싶었는데 미세한 진동 소리가 끊임없이 귓가를 울렸다. 귀를 기울여야 들릴 정도로 작지만 끈질긴 소리였다. 벽 너머에 묻힌 파이프 안에 한 무리의 벌떼가 갇힌 채 사방에 몸을 부딪치고 있는 듯한, 피부를 간질이는 촉감에 가까운 그런 소리. 나와 같이 거실에 있던 강은 씨와 다희 씨에게 진동 소리 들리지 않냐고 물었더니 고개를 저었다.

"지금 사람들 대부분 입주한 상태인데 이 정도면 되게 조용한 편 아니에요?"

부엌에서 선반을 열어보던 강은 씨가 말했다.

"요새 신축은 층간 소음 그렇게 심하지 않을걸요? 애초에 어느 정도 소음 이하여야 승인이 나도록 법이 바뀌었거든요."

다희 씨가 개수대에서 물을 틀어보며 말했다.

"큰 소리는 아니고요. 자세히 들으면 들리는데……"

나는 보통 사람들의 말에 반박하지 않는다. 누군가 그렇다고 하면 "그런가 보네요." 하고, 저렇다고 하면 또 "아, 저럴 수도 있겠네요." 하는데, 이상하게 그날은 그 소리를 나만 듣는다는 게 말이 안 된다는 생각이 들었다. 안방의 드레스룸을 보고 있던 민연 언니가 내가 우두커니 서있던 거실 창쪽으로 와서 내 어깨를 두드렸다.

"원래 건물은 계속 진동하는 중이래요."

아파트를 나왔을 때는 해가 서서히 지고 있었다. 시장을 다시 지나오는데 올 때는 무심히 지나쳤던 거리에 간판이 하나씩 켜지며, 쇼윈도가 밝아졌다. 그리고 그 안으로 여자들이 하나둘씩 들어왔다. 여자들은 서있거나 앉아서 거리를 바라봤다. 커피를 마시거나 담배를 피우기도 하면서. 둘이 들어온 여자들은 서로 이야기를 나누기도 했다. 나는 거리를 걸을 때 항상 쇼윈도로 한눈을 판다. 마주 오는 사람들보다 가게 안의 물건들을 구경하는 편이 좋아서. 그날도 무심코 유리창을 넘겨보다가 그 안에 막 들어와서 재킷을 벗고 있던 여자와 눈이 마주쳤다. 깊게 팬 붉은 원피스 위로 드러난 목덜미에 비늘처럼 소름이 촘촘히 돋아있었다. 어떤 것도 매끄럽지도 반짝이지도 않았다. 누가 먼저인지 모르게 우리는 빠르게 걷기 시작했다. 여자들이 늘어선 거리를 지나오고 나서야 강은 씨가 말했다.

"세상에는 자기 몸을 팔 수 있는 사람과 없는 사람이 있지 않을까요?"

"자의가 아닌 경우도 많을걸요. 자의로 한다고 해도, 여자 몸을 물건 취급하는 사회가 문제죠."

다희 씨가 말했다.

"아, 그건 그렇죠. 근데, 제 말은, 동기나 원인을 떠나서요. 사회적 문제든, 개인적 문제든 상관없어요. 그냥, 자기가 할 수 있나 없나는 스스로 아는 거 아니에요? 만약 억지로 하게 된다고 해도, 진짜 못하는 거면 어떻게든 저기 남아있지 않지 않을까요? 어떻게든 안 하겠죠."

"어떻게든요? 죽기라도 해서요?"

우리보다 앞서 걷고 있던 민연 언니가 걸음을 늦추며 조용히 물었다. 강은 씨는 눈을 크게 뜨고 뒤처져 걷고 있던 나를 쳐다봤다. 대화에 끼어들지 않고 있던 내게 굳이 자신의 무해함을 입증하려는 듯이.

"그렇게까지 말하려던 게 아닌데……"

민연 언니가 "알죠."라고 말하며 우리를 보고 웃었다. 언제나 그랬듯 보기 좋고 가지런한 얼굴이 남김없이 웃어서, 나는 아무것도 눈치채지 못했다.

*

카페가 문을 닫을 시간이 되어서야 우리는 밖으로 나왔다. 거리는 그새 쌓인 눈으로 축축했다.

"새 신발 신고 왔는데."

다희 씨가 가죽 앵클부츠를 천천히 내디디며 말했다.

"아, 저도 이번에 한정판으로 나온 거 산 건데."

강은 씨가 화려한 문양의 운동화로 바닥을 탁탁 쳤다.

"이상하게, 임장 갈 때는 옷을 신경 써서 입게 돼요."

강은 씨의 말에 다희 씨가 "저도요." 하고 바로 대꾸했다. 나도 조용히 고개를 끄덕였다. 이게 신경 쓴 옷차림이냐고 누가 묻기라도 할까 봐 걱정하면서.

"민연 언니, 혼자 사는데 혹시 무슨 사고라도 생긴 거 아닐까요?"

역 앞에서 아래로 까마득히 이어지는 계단을 내려다보며 다희 씨가 말했다.

"사실, 아까부터 이 말을 해야 하나 망설였는데, 저 민연 언니 집 알아요."

강은 씨가 칭칭 감아놓은 붉은 목도리를 잡아당기며 말했다.

"전에 제가 차 한번 가져온 적 있었잖아요. 우리 경기도에 있는 신도시 보러 간 날. 연수 막 끝나서 신나서 차 몰아보겠다고."

"아, 언제였더라, 그게. 인영 씨 오기 전이죠? 재작년 겨울?"

"그쯤 되었나 보다. 맞다. 인영 씨 오기 전이다. 다희 씨한테 미안해서 말을 못 했어요. 본의 아니게 민연 언니만 태워 준 꼴이 돼서."

그날 강은 씨는 모임을 마치고 공영 주차장에 세워둔 차를 찾으러 갔는데 민연 언니가 강은 씨를 따라왔다. 강은 씨한테 물어볼 게 있다면서. 그리고 민연 언니는, 물어봤다고 했다. 자기랑 같은 화장실을 쓰는 게 혹시 신경 쓰이는지. 강은 씨는 놀라서 민연 언니에게 왜 그런 생각을 하느냐고 되물었고, 민연 언니는 자기가 화장실을 갈 때마다 강은 씨가 항상 같이 일어나는 것 같다고 말했다. 꼭 민연 언니가 들어가는 화장실 칸을 확인하고 거기는 안 들어가려는 것 같았다고. 민연 언니는 강은 씨에게 따지려는 게 아니라는 듯이 말을 한참 고르다가 이렇게 말했다.

"아무 말 안 하려고 했는데, 내가 오해하고 있을 수도 있을 것 같아서요. 오해하는 게 더 미안할 거 같아서."

강은 씨는 그런 게 아니라고. 그냥 언니랑 저랑 같은 타이밍에 화장실을 갈 때가 있었나 보더라고, 자기는 생각도 못 했다고 말했고, 언니는 늘 그렇듯 조용히 웃었다. 그래서 그날 강은 씨는 민연 언니를 새 차에 태우고 집까지 데려다주었다. 그리고 집 앞까지 같이 올라가서 언니가 굳이 건네주는 비싸 보이는 수제 쿠키 세트를 받아왔다.

"그럼 언니 집에 들러나 볼까요? 여기까지 왔는데."

다희 씨의 말에 강은 씨가 핸드폰을 보면서 걸어가기 시작했다. 나와 다희 씨는 나란히 강은 씨의 뒤를 따라 걸었다. 검은 오리 새끼들처럼, 눈이 그치고 질척하게 녹기 시작한 오르막길을 뒤뚱뒤뚱, 간신히 걸어 올랐다.

언니의 집은 골목 가장 깊숙이 들어앉은 빌라였다. 회색빛 대리석으로 네모반듯하게 지어 올린 특색 없는 건물이었다. 내가 막연히 생각했던, 건물주가 살 법한 집은 아니었다. 1층 상가가 공사 중인 상태로 임시 가림막이 쳐져있었고, 덜 마른 시멘트 냄새가 났다. 공사 때문인지 출입문 센서에 테이프가 붙어 문이 열려있었다. 우리는 바로 건물 안으로 들어가서 강은 씨가 기억하는 문 앞에 섰다.

"여기 맞아요?"

다희 씨가 묻자 강은 씨가 고개를 갸웃거리며 주위를 둘러보며 말했다.

"아, 저 자전거. 저게 기억나요. 그때 집에 안 들어갔고 여기서 저 자전거 보면서 기다렸거든요."

강은 씨가 층계참에 체인을 친친 감아둔 자전거를 가리키며 말했다. 다희 씨가 왠지 조심스럽게 초인종을 눌렀다. 아무런 답이 없었다. 강은 씨가 한 번 더 눌렀다. 인공적인 새소리가 안에서부터 들려왔지만 아무런 반응이 없었다. 마지막으로 내가 조심스럽게 문을 두드렸다. "언니, 저희예요. 혹시 무슨 일 있어요? 아픈 건 아니죠?" 우리는 현관문 바로 앞에 언니가 귀를 대고 있기라도 한 듯 속삭였다. 역시 아무런 소리도 돌아오지 않았다.

우리는 쉽게 떠나지 못하고 문 앞에서 종종댔다. 문은 겨울보다 차갑고 어두웠다. 그 문 너머에 어떤 온기가, 어떤 세상이 있을지 상상이 되지 않았다. 언니가 정말 이 안에 있을까. 언니는 내가 아는 사람이 맞나. 내가 들은 말이 사실이라면, 언니는 직장 경험도 없으면서 왜 직장인 여성을 위한 모임을 만들었을까. 여기까지 왔으면 우리는 할 만큼 한 셈 아닌가. 어쩌면 모임이 완전히 파투가 날 수도 있지만, 그건 내 탓은 아닐 텐데. 나는 그만 돌아가고 싶었다. 애초에 집을 살 능력도 안 되면서 이런 모임에 나오는 게 아니었는데. 나만의 집을 갖고 싶다는 마음 따위, 저절로 수그러들고 말았을 텐데. 나는 조용히 그 문에서 멀어지려고 했다.

내가 한 걸음 더 물러선 순간 문 뒤에서 소리가 들렸다. 분명, 어떤 기척이었다. 우리는 전부 문에서 한 발짝 물러나 기다렸다. 문이 열리기를. 언니가, 깜빡 잠들었다든지, 크게 아팠다든지, 그런 이야기를 하며 나타나기를. 하지만 문은 열리지 않았다. 나는 내 발끝만 쳐다보며 잠시 문 앞을 서성이다가, 누구라도 먼저 방향을 틀어 이 집과 멀어지기를 다시 기다렸다. 다희 씨가 새 가죽 부츠가 구겨질 정도로 힘을 주어 발을 꺾었다. 가죽 부츠가 뒷걸음질 쳤다. 그리고 다시 문 앞으로 돌아와 문을 두드리기 시작했다. 아까보다 훨씬 크고 세게, 온 복도가 울릴 정도로.

"언니, 민연 언니. 안에 있죠? 안에 있는 거 아니까 문 좀 열어봐요. 언니 괜찮은 거 맞아요? 안 나오면 신고할 거예요!"

나는 언니네 집과 그 맞은편 집 중 어느 집의 문이 먼저 열릴지 몰라 두 집의 굳게 닫힌 문을 번갈아 보고만 있었다. 강

은 씨는 다희 씨를 보지 않고 여전히 바닥만 보고 있는 것 같
았다. 목도리를 풀었다 매었다 하면서.

 복도를, 바닥을 울리던 소리와 다희 씨의 거센 움직임이
순간 정지를 누른 화면처럼 갑자기 멈췄다. 문이, 열렸다. 언
니네 집 문이. 그리고 냄새가 덮쳐왔다. 어디서도 맡아보지
못한, 그러나 세상의 모든 냄새를 섞어놓은 듯한, 견고하고
거대한 냄새가 쏟아져 나왔다.

 언제나처럼 긴 머리를 늘어뜨린 채 깔끔한 옷을 입고 있는
언니의 뒤로, 집이 보였다. 아니, 천장까지 쌓인, 쓰레기들이.

*

 집 안에는 한 사람이 몸을 겨우 통과할 만큼의 길만 남기
고 모든 공간에 무언가가 가득 차있었다. 쌓인 옷가지들, 택
배 박스, 무언가 썩어가고 있는 비닐봉지, 찌그러진 플라스
틱 물병, 벌건 양념이 묻은 나무젓가락, 쓰고 말아놓은 생리
대……

 쓰레기 집이었다. 언니가 아니라 쓰레기가 사는 집. 거실,
방, 주방, 침실, 화장실, 모든 곳에 새 물건과 버린 물건이 뒤
섞여 방치되어 가구처럼 이상한 형태로 뭉쳐져 있었다. 언니

는 그냥 서있었다. 그 쓰레기들 틈에서. 우리에게 들어오라거나, 그만 가라거나, 어떤 말도 하지 않은 채. 약속에 못 나가서 미안하다거나 사정이 있었다거나, 그런 말도 없이. 이번에도 다희 씨가 먼저 움직였다. 다희 씨는 아무렇지 않은 얼굴로 언니에게 인사를 건네고는 춥다며 안으로 들어갔다. 나는 무심코 손으로 코를 막고 다희 씨를 뒤따랐다. 강은 씨는 목도리에 얼굴을 묻다시피 한 채 내 뒤에 바싹 붙어 왔다.

언니는 쓰레기 사이를 익숙하게 헤치고 자기 방으로 다시 들어갔다. 침대에도 쓰레기 봉지들과 옷가지들이 가득 올라가 있었고 그 틈에 자기 한 몸 누울 자리만큼만 남겨둔 것 같았다. 언니는 그리로 돌아가 다시 누웠다. 마지막 퍼즐 조각을 맞추는 사람처럼 태연하고 편안하게. 이 집을 가득 채운 물건들은 모두 제자리에 있는데 우리가 그 질서를 흩트리고 있다는 듯 완강하게.

이런 집은, 하루이틀 혹은 한 달 두 달로는 완성되지 않을 텐데. 얼마나 오랫동안 이 물건들을, 쓰레기들을 쌓아왔을까, 아니, 방치해 왔을까. 어떻게 언니는 이 틈에서 씻고, 먹고, 자고, 우리를 만나러 나올 수 있었을까. 다희 씨는 무언가 찾는 듯 집 안을 돌아다니다 "잠깐만요." 하고 말하고 현관문을 열고 나갔다. 이상하게도 냄새의 한가운데에 들어오니 오히려 냄새가 옅어지는 것 같았다. 그때, 친구로부터, 친구네 집의 냄새로부터 도망치지 않았다면 지금의 나는 조금 다른 사람이 되었을까.

언니가 어떤 사람인지 나는 전혀 모른다. 언니의 집에 있는 지금도 나는 짐작도 할 수 없다. 내가 어떤 사람인지조차, 나는, 지금도 모르겠다. 나는 내게 물었다. 언니가 왜 이렇게 살게 되었는지 정말 알고 싶은가? 알고 나면 언니를 이해할 수 있을까? 나는 어떤 질문에도 선뜻 대답할 수 없다. 내가 왜 이런 사람이 되었는지조차, 별로 알고 싶지 않으니까. 그런 생각을 하며 나도 그 집을 나갔다. 나가려고 했다. 내가 현관문 열려고 할 때 문이 먼저 열렸다. 쓰레기봉투에 무언가를 잔뜩 담아 온 다희 씨가 들어왔다. 다희 씨는 들고 있던 봉투에서 마스크와 고무장갑, 그리고 10개들이 쓰레기봉투 다섯 묶음을 꺼내더니 보급품을 하사하는 장교처럼 나와 강은 씨에게 나눠주었다.

"우리 이것만 딱 채우고 가죠."

다희 씨는 현관문을 활짝 열고 편의점에서 사 온 듯한 청소용품은 복도에 꺼내둔 채 현관에서 가까운 바닥에서부터 쓰레기를 담기 시작했다. 나와 강은 씨는 다희 씨가 부지런하게 움직이는 모습을 잠시 바라보고 있다가, 마스크도 끼고

장갑도 착용했다. 그리고 봉투에, 무언가를 담기 시작했다. 흐물흐물하거나, 진득하거나, 파삭하거나, 부스러지는 것들을. 무엇을 버리고 무엇을 남길지 고민할 수도 없었다. 모든 것이 한데 엉켜서 쓰레기와 아닌 것을 구분할 필요가 없었으니까. 말아놓은 요가 매트에는 머리카락과 먼지와 납작하게 말라붙은 바퀴벌레 사체가 뒤엉켜 있었고, 뜯지도 않은 택배 박스에서는 처음 보는 하얀 콩처럼 생긴 벌레들이 빼곡히 박혀있었다. 이상하게도, 쓰레기들은 살아있었다. 생명보다 치열하게 부패하고 있었다.

현관에 쓰레기봉투가 하나씩 늘어나더니, 거의 가득 채울 정도로 많아졌다. 나도 남은 봉투가 절반 정도밖에 없었다. 외투도 벗지 않고 몸을 움직였더니 얼굴이 상기되고 호흡이 가빠졌다. 마스크가 축축했다. 강은 씨는 어느새 목도리를 풀어서 허리에 감고 있었고, 다희 씨는 코트와 숄을 현관 문고리에 걸어두었다. 냄새는 끈질겼지만, 처음 맡았을 때처럼 강렬하지는 않았다.

"물 마실래요?"

다희 씨가 현관에 내려놓았던 봉투를 뒤적거리다가 생수를 꺼냈다. 우리는 지친 표정으로 다희 씨에게 말없이 다가가 물을 건네받고 마셨다. 다시 집 안을 바라보는데 우리가

임장

쓰레기를 버리기 전과 크게 달라진 것 같지 않아서 손에 힘이 빠졌다. 간신히 한쪽 면을 비워둔 벽에 기대고 주저앉아서 긴 숨을 내쉬었더니 다희 씨와 강은 씨도 내 옆에 다리를 뻗고 앉았다.

"이런 상황에 좀 그런데, 배고파요."

강은 씨의 말에 우리는 작게 웃었다.

"언니는 자나 봐요?"

내 말에 다희 씨가 언니가 들어간 방 쪽으로 고개를 길게 빼면서 어깨를 으쓱했다.

"쓰레기 중에 옷이 되게 많더라고요. 비닐이나 택도 안 뜯은 새 옷도 많고."

다희 씨의 말에 나와 강은 씨도 고개를 끄덕였다.

"버려도 되려나요?"

강은 씨의 말에 다희 씨가 바로 "버려야죠."라고 답했다.

"이미 새것도 아니고, 이런 거 안 버리면 아무것도 못 버려요."

"다희 씨는 항상 정답을 알고 있는 사람 같아요."

내 말에 다희 씨가 고개를 돌려 나를 보는 것 같았다.

"그렇다기보다, 그냥, 할 일이 보이면 외면을 못하는 편이에요. 살다 보면 적당히 못 본 척도 해야 하는데, 그걸 못해서 좀 피곤한 성격인데…… 그래서 사실 주변에 친구가 별로 없어요."

"아, 저도, 저도 친구가 정말 없어요."

내가 너무 빠르고 절박하게 말했는지 다희 씨와 강은 씨가 웃었다.

"서른이 넘어서도 친구 고민을 할 줄 몰랐다."

다희 씨의 말에 나와 강은 씨가 고개를 끄덕였다.

"내 성격이 왜 이럴까 생각해 본 적 있는데, 어릴 때 우리 집이 가게를 했거든요. 동네 구멍가게인데 간단하게 술이랑 안주도 팔고. 가게 뒷방이 우리 집이었어요. 방에 있다가도 손님이 오면 나가서 계산도 하고 간단한 주문은 받고 그랬는데, 뒷방이 우리 집인 걸 손님들이 아니까, 내가 숙제하고 있거나 텔레비전을 보고 있어도 사람들이 문을 벌컥벌컥 열었어요. 엄마를 찾거나 뭐 없냐고 물어보고. 가게 문을 닫고 잘 때도 뒤쪽으로 와서 우리 집 창문을 두들기는 사람도 있었고. 뭐, 그때부터 나는 나를 찾는 사람들이 싫었나 봐. 나도 내가 할 일은 무조건 내가 해야 하고. 그래서 이런 생각이 들었나 봐요. 좀 마음이 넓어지려면 나한테는 나만의 집이 필요하겠다고."

맞다. 우리는 모두 이유가 있다. 그런 생각이 들었다. 그리고 나는 한 번도 스스로에게 나는 어쩌다 이런 사람이 되었을까, 물어본 적 없다는 사실을 깨달았다. 이게 내 문제 아니었을까. 나의 근원적인 문제. 나를 궁금해하지 않는 사람이 어떻게 타인을 궁금해할까. 내게 있는 것 때문이 아니라 내게 없는 것 때문에, 나는 이토록 오랫동안 주변을 머뭇거릴 뿐 누구하고도 진정으로 부딪쳐 보지 못한 것이 아닌가.

우리는 다시 일어났다. 누가 먼저랄 것도 없이. 부엌에 있던 작은 원탁과 거실의 소파와 협탁이 쓰레기에 묻혀있다가 이제 겨우 윤곽을 드러냈다. 우리는 계속 움직였다. 쓰레기봉투를 각자 두세 개씩 더 채웠을 때, 다희 씨가 우리에게 손짓했다. 언니의 방 쪽으로. 우리는 조심스럽게 민연 언니가 누워있는 침대와 먼 곳부터 치우기 시작했다.

"그냥 둬."

자는 줄 알았던 언니가 조용히 말했다. 순간 나와 강은 씨는 어정쩡한 자세로 정지했다. 다희 씨는 자연스럽게 들고 있던 휴지 뭉치를 쓰레기봉투에 넣으면서 대꾸했다.

"그냥 안 돼요."

침대 위도 물건이 쌓여있어서 언니는 마치 참호를 파고 누워있는 듯했다. 거기서 언니는 굴처럼 깊고 좁고 까마득하게 잘까, 아니면 이 방처럼 뒤섞이고 혼란스럽고 복잡한 잠을 잘까. 어떤 꿈들을 보관했다 잃어버렸을까.

 남은 쓰레기봉투를 다 채워도 언니의 침대 근처도 가지 못했다. 우리는 현관에 쌓아둔 쓰레기봉투를 각자 들 수 있는 만큼 들고 쓰레기를 모아놓는 빌라 앞 전봇대에 두고 왔다. 쓰레기봉투들이 너무 많아서 도로를 침범하지 않으려면 차곡차곡 쌓아야 했다. 시간은 자정을 훌쩍 넘었고, 우리는 지쳤다. 손가락이 저리고 허리가 묵직했다. 전봇대 근처에는 주민 외 쓰레기 투기 금지 스티커가 붙어있었고 그 스티커 위에 누군가 매직으로 '투기는 나빠요'라고 쓴 낙서가 보였다. 우리는 투기를 하려는 게 아니지만…… 하고 말하던 언니의 목소리가 떠올랐다. 하지만, 우리가 하려는 게 정말 투기가 아닌가. 우리는 좋은 집을 사고 싶은데, 언니처럼 집으로 집을 사고, 끝내 건물까지 살 수 있는 그런 집. 그러니까 좋은 집이란 가격이 내려가지 않는 집이고, 그건 언제까지나 오르고, 또 올라야 한다는 이야기고…… 그렇다면 누군가는 계속 더 많은 돈, 더 많은 이자, 더 많은 시간을 지불해야 하는데……

 마지막 쓰레기봉투를 내놓고 나서 우리는 다시 집으로 돌아와 쓰레기를 치운 곳을 물티슈로 닦았다. 그리고 벗어놓은 외투와 목도리를 챙겼다. 땀에 젖은 피부에 닿는 목도리가 따가운지 다희 씨는 몇 번이나 목도리를 풀었다 감았다 했다. 우리는 다시 언니의 방으로 들어갔다.

"이만 갈게요. 다음에 봐요."

우리가 나가려는데 강은 씨가 붉은 목도리를 다시 푸르더니 침대로 한 발 다가갔다. 강은 씨는 허리를 숙여 언니에게 어떤 말들을 속삭이듯 말하고 뒤돌아 방을 나갔다. 아주 나중에, 강은 씨는 우리에게 말해주었다. 취직 준비를 하는 동안 데이팅 대행업체에서 오래 일했다고. 유리 너머에 있던 여자들을 이해할 수 없었던 게 아니라, 이해할까 봐 무서웠던 거라고. 우리는 모두 이유가 있다. 이유가 있다고 모든 것이 해결되는 것도 용서되는 것도 아니지만.

눈이 완전히 그친 새벽 공기는 고요하고 단단해서 누군가 재채기라도 하는 순간 무너져 내릴 것 같았다.

"다음 주에도, 여기서 모이죠."

다희 씨가 말하지 않았어도, 다시 여기로 오게 되리라는 것을 나는 알았다. 그리고 나도 언니에게 하고 싶은 말이 있었다. 우리, 다, 그럴 때가 있는 것 같다고. 그냥, 그럴 때.

| 작가의 말 |

 인간관계를 점으로 표현할 수 있다면, 커다란 원들이 포도알처럼 주렁주렁 달려있는 분들도 있을 테고, 소수의 점 몇 개만 잘못 흘린 깨알처럼 흩어져 있는 분들도 있겠죠. 저는 너무나 놀랍지 않게도, 후자에 속하는 사람입니다. 그런 제가 '모임에서 일어난 일'을 주제로 이야기를 쓰다 보니, 이런 글이 나오고 말았군요.

 대부분의 경우, 사람이 모이면 누구의 잘못도 아님에도 불편한 상황이 발생할 수 있다는 짧은 생각에서 출발한 이야기입니다. 이야기를 구상하던 무렵에 전세 연장 계약이 복잡하게 되는 바람에 부동산을 열심히 알아보고 있기도 했고요. 결정적으론, '끼리끼리는 사이언스'라는 말이 풍기는 찜찜하고 부정적인 의미를 다르게 해석해 볼 수는 없을까, 하는 의문이 소설을 나아가게 했습니다. 일단 사람들이 가까워지고 나면, 어느 정도의 동화는 당연히 일어나야 하지 않나? 그런 변화가 반드시 부정적일까? 대개 사람들이 모여있으면 목소리도 커지고, 배타적으로 굴기 쉽다는 걸 알지만, 그리고 어떤 집단은 굉장히 부도덕해질 수도 있다는 걸 겪어왔지만, 그래도 왠지 이번에는 잘못한 사람도, 부도덕한 사람도 등장하지 않는 이야기를 써보고 싶었습니다. 불편한 사람은 있을 수 있지만, 서로를 어느 정도 용인해 주는 이야기가 되었으면 좋겠다고 생각했고요. 저의 평소 성향이라면, 어딘가 단단히 잘못된 사람들이 모이거나, 선의로 시작한 모임이 결국에는 파탄으로 치닫는 이야기를 썼을 텐데, 이상하게도, 이 소설을 쓰던 지난 연말·연초 무렵에는 평소와 다르게 불완전한 사람들끼리 모여, 누군가 손을 꼭 내밀지 않더라고 덥석 잡아주는 이야기를 써보고 싶은 생각이 들었습니다. 우리가 모일 수 있다는 게 얼마나 다행인지, 그런 생각과 함께요.

  제 이야기가, 아무도 내밀지 않은 손을 덥석 잡아줄 수 있다면, 참 좋겠습니다.

얼마 전에 나는 이사를 했다. 살던 집에서 그리 멀리 떨어진 곳은 아닌, 나의 네 번째 집이다. 집 앞엔 클로버가 소규모 군락을 이루고 있다. 세 번째 집에서는 십 년을 살았다. 처음 그 집에 살기 시작했을 때만 해도 거기서 그렇게 오래 살 줄은 몰랐다. 그 집을 떠나 이사를 하게 된다면 아마 우진과 함께일 거라는 막연한 상상을 해본 적은 있었지만 결과적으로 그렇게 되지는 않았다. 우진과 헤어진 뒤로는 그 집이 조금 낯설어졌으나 그럭저럭 삼 년을 더 살았다.

이사를 하면서 새로 구입한 식기들을 사용할 때면 두 번째 삶을 사는 기분이 들었다. 상점 진열대나 영상을 통해 보기만 했던 것들을 나는 이제 갖고 있다. 아침으로는 두툼한 식빵에 양파와 통조림 옥수수가 잔뜩 들어간 참치샐러드를 올려 먹었고 곧바로 사용한 접시를 개수대에 넣어두고 손을 씻었다. 이제 나는 뭘 할 수 있을까. 돈을 쓰지 않는 방식으로 시간을 보내고 싶다. 침대와 이불 세트, 책장과 테이블과 가지고 있던 작은 주방 도구들까지 전부 다 버리고 새로 구입했기 때문에 당분간은 소비를 줄여야 했다. 나는 모든 물건들을 5개월 할부로 구입했다.

돈은 없고 시간은 너무 많다고 생각하는 사이 정오가 된 것을 알았다. 책을 좀 볼까. 나가서 그냥 걸을까. 나는 시간이 너무 많다. 나는 시간이 너무 많지만 바구니에 가득 쌓인 일주일 치 빨래 더미는 막상 외면하는 중이다.

[빨래 해줄까]

우진에게 온 마지막 메시지였다. 나의 세 번째 집 욕실엔 세탁기를 둘 공간이 마땅치 않아 빨래방을 다녀야 했다. 빨래를 해주겠단 그의 메시지에 답하지 않은 채로 통화를 하는 바람에, 그가 내게 보낸 마지막 메시지는 [빨래 해줄까]가

되었다. 나는 우진의 메시지를 삭제하지 않고 그대로 두었지만 아마 지워졌을 것이다. 당시 나는 헤어짐을 인정하거나 부정하지 않은 상태로 살아갈 자신이 있었다. 그래서 마음껏 슬퍼하지 않았다. 저만치 슬픔이 다가오는 것이 보이면 뚜벅뚜벅 그 앞으로 걸어가 문을 닫았다. 진짜 슬픔을 유예하기 위해서. 내가 그렇게 하고자 마음만 먹는다면 가능한 일이라고 믿으면서.

*

주말 동안 해야 할 일, 아니 하고 싶은 일들을 적어 내려간다. 이렇게 하지 않으면 나는 아무것도 하지 않고 시간을 흘려보내는 인간이니까. 다음 주 목요일 모임에 참석하기 위해서는 책을 읽어야 하고 여름 동안 집에서 간단히 음식을 만들어 먹기 위해서는 냉면 육수를 사둬야 한다. 미뤄둔 빨래를 결국엔 해야 하며, 바닥을 보이기 시작한 꿀을 사고 현금을 조금 뽑아 돌아오는 길에는 로또를 사야 한다.

책을 펼칠 마음이, 영 들지 않는다. 이번 모임에 읽어 가야 할 책은 『로마 이야기』로 이 책을 선정한 것은 지현 씨였다.

모임을 이끄는 현호 씨가 지현 씨에게 책 선정을 권했다. 나는 한참 표지만 바라보다가 겨우 책을 펼쳤다. "모든 갈망은 결정이 된다."라는 문장이 책의 맨 앞에 있었다. 나는 왜인지 거기서 그만 울컥하는 마음이 되어 책장을 넘기지 못했다.

왜.

여지껏 입으로도 글로도 갈망이라는 단어를 직접 써본 적이 없었다는 생각에 나는 좀 서글퍼진다. 이사를 하고 한동안은 집 정리에 정신이 없었으나 이젠 더 살 것도 없이 안정감이 찾아왔다고 여기던 차였다. 당황했을 땐 어떻게 하는 게 좋을지 나는 잘 알지 못한다. 하지만 당황했다고 해서, 아니 울 것 같다고 해서 모임에 쉽게 빠지거나 그만둘 순 없다. 그러고 싶지가 않다. 나는 냉장고에서 맥주 한 캔을 꺼내 마셨다. 그러자 진정이 좀 되는 것 같았고, 어제 시장에서 사 온 볶은 콩을 몇 알 씹어 먹었다.

언젠가 나는 내가 원하는 것이 딱히 없다고 여기면서도, 생각만 그렇지 실제로는 원하는 것이 있을 거라 믿었던 적이 있었다.

*

 우진과 나는 스물다섯에 처음 만났다. 어머니가 돌아가신 지 일 년이 채 되지 않았을 때였다. 언젠가 나는 우진에게 말한 적이 있었다. 영원이라는 건 너무 거창하다고, 사실상 없는 거나 마찬가지라고. 그러니까 영원이라는 단어도 없어도 된다고. 그러자 한동안 말이 없던 우진은 영원이라는 건 분명히 존재하고, 설령 없다고 하더라도 영원이라는 게 없다고 말하기 위해서는 그걸 지칭할 단어가 필요하다고 말했다. 나는 우진이 사용한 설령이라는 단어에서 어딘지 나에 대한 부정적인 반응을 느꼈으나 이유를 알 수 없는 두려움에 못을 박아버리고 말았다. 그렇다면 원래 없었다면 좋았을 것 같다고. 굳이 그것을 바랄 일이 없는 편이 인간에게 좋기 때문이라고. 내 생각에 아마 그는 내가 사용한 '원래'라는 단어에서 어딘지 비관적인 기운을 느꼈던 것 같다. 꽤 오래 아무 말 없이, 비 온 뒤 질척거리던 땅을 두 발로 정돈하는 데 열중했던 모습만이 떠오르는 걸 보면. 누군가 그 이유를 묻고, 그에 대한 답을 했다면, 다시 묻고 다시 답하고, 다시 묻고 다시 답하고…… 조금만 더 서로를 궁금해했다면 지금과는 무언가 좀 달랐을까. 그저 상대를 있는 그대로 바라본다는 명목하에

'그래, 너는 그런 사람이구나.' 하다가 결국엔 놓아버리는 것이 아니라.

모르겠다. '너는 그런 사람이구나' 하는 쪽에 가까웠는지 '너는 그런 사람이구나' 해버린 쪽에 가까웠는지. 지금은 모두 소용없는 이야기로, 아니 소용없게 되어버린 이야기로, 영원히 알 수 없거나 영원히 알 수 없게 되어버렸다. 나는 커피를 마시기로 한다. 커피에 대해 아는 것은 별로 없다. 그러나 원두를 갈고 물을 조금씩 부어가며 커피를 내릴 때면 지금은 멀어진 사람들이 생각난다. 그라인더와 드리퍼 모두 당시에 가까이 지내던 사람들이 준 것으로, 언제 멀어져 버린 것인지도 모르는 걸 보면 내가 조금 바보이거나 이편이 서로에게 자연스러운 일이었을 것 같다.

다시 책을 펼칠 용기를 내지 못한 채로 음악도 틀어두지 않고 가만히 앉아 커피를 마시며 이제 더는 새로 살 것이 없는 방 안을 둘러본다. 이사를 하고 정리를 하면서 나는 문득 살아오는 동안 사람들로부터 정말 많은 선물을 받았다는 것을 알게 되었다. 일일이 나열하기도 어려운 정도여서 새삼 놀랐다. 외롭다는 생각을 자주 하는 건 아니었으나 내 생각보다 훨씬 더 많은 사랑을 받은 것 같은데, 욕먹지 않을 만큼이라도 좀 나누며 살아왔을까 하던 밤이 있었다. 그 사람들은 어떻게 이렇게 내 취향을 잘 알았을까. 내가 무엇을 좋아하는지를. 아니, 내가 무엇을 좋아할 것 같은지를.

 같은 것을 좋아하기란 의외로 몹시 어려운 일이죠. 무은 씨가 했던 말이 떠오른다. 내 방에는 여전히 무은 씨에게 받은 것들이, 무은 씨가 준 것들이 여러 개 있다. 텀블러를 잡으려다 실수로 툭 치는 바람에 거꾸로 쏟아진 뒤 죽어버린 백은무를 제외하면 모든 것이 그대로다. 서둘러 흙을 주워 담아 다시 심었으나 결국엔 죽은 것. 다시 살아나길 기도했으나 결국엔 죽어버린 것. 그해 여름, 무은 씨와 함께 동네를 산책하다 식물들이 가득했던 상점에서 내가 고른 것. 무은 씨와 이름이 비슷하다는 이유로 다른 것들은 열심히 볼 생각도 안 하고 단박에 고르고 만 것. 백은무는 죽었지만 라이트블루색의 작은 화분은 그대로 있다.

 나는 메모해 둔 목록들의 순서를 수정해 책 읽기를 가장 나중으로 미루고 꿀을 사러 나갔다. 그러면 안 된다는 걸 알지만 만약 모임 날까지 책을 펼칠 용기를 내지 못한다면 블로그라든지 유튜브로 요약해 둔 영상이라도 볼 심산이다.

*

 일주일에 두 번, 화요일과 목요일마다 나와 동료들은 각자 싸 온 도시락으로 함께 점심을 먹는다. 매일 점심 메뉴를 고르는 일에 지친 사람들이 모였는데, 때때로 빠지는 사람도 있다. 나는 여기서 동료들의 소소한 이야기를 듣는 게 좋았다. 저희 애는 왜 종일 〈금쪽같은 내 새끼〉만 볼까요? 정말 진지하게 봐요. 지환 씨가 말했고, 100점이었던 내비게이션 어플 점수가 99점이 되어 몹시 속상하다고 덧붙인 뒤에는 방영되는 드라마들에 관한 얘기가 오갔다. 보람 씨는 "윤갑 나리! 윤갑 나리!" 하면서 동료들 중 둘이 보지 못한 드라마의 줄거리를 얘기해 주었다. 보람 씨가 연기를 너무 잘해서 나는 동료들과 함께 웃다가 현호 씨가 주말에 직접 치대 만들었다는 떡갈비를 먹고 엄지를 치켜들었다.
 그나저나 과장님, 이번엔 정말 참석하는 거죠?
 현호 씨가 내 엄지를 접어주며 물었다.
 음, 그럼요. 열심히 읽고 있어요.
 나는 거짓말을 했다.

어디서 요약해 둔 영상을 찾아보고 오면 안 돼요.

그럼, 의미 없어요.

아유, 절 뭘로 보고.

나는 그렇게 말했다. 사람들은 왜 이리 나에 대해 잘 아는 것일까. 그런 생각을 하면 때때로 우진과 무은 씨가 떠오르곤 했다. 나를 너무 잘 알던 우진과 멀어진 곳에서 만난, 나를 거의 몰랐던 무은 씨가.

우진과의 마지막 통화가 있고 두 개의 계절을 보낸 뒤에야 나는 처음으로 친구들에게 우진과 헤어졌다고 말했고 몇몇은 그럴 리가 없다고, 결국 다시 만나게 될 거라고 말했다. 진짜 아니라니까…… 조심스럽게 말했을 때 친구들은 이유를 물었고 나는 선뜻 할 말이 없었다. 뭐라고 할까. 어떤 일의 끝을 본 뒤에 과정에 대해 말하는 것처럼 쉬운 게 있을까 싶으면서도 나는 여전히 그게 제일 어렵고 그래서 시작과 끝은 과장하고 과정은 생략해 버린다. 돌이켜 보면 그 정도 시간이 흐를 동안 서로 아무런 연락을 하지 않았다는 사실이 이미 헤어짐을 가리키고 있었을 것이다.

누군가에게 상황을 털어놓은 뒤로 비로소 나는 헤어짐을

받아들일 수 있었다. 보람 씨는 알았겠지만, 아버지나 다른 동료들에게는 굳이 알리지 않았다. 아버지는 나쁜 사람은 아니지만 나보다 개를 더 좋아했으며 원래 나의 삶에 대해 무엇도 먼저 물은 적이 없는 사람이었다. 동료들과 식사할 때면 각자 이런저런 이야기를 꺼내놓곤 했지만, 이별 이야기란 것이 맥락 없이 꺼낼 얘기가 아니었기에 동료들이 자연스럽게 연애나 결혼 이야기를 할 때면 그냥 듣기만 했다. 그러다 내가 오랫동안 한 사람을 만나고 있다는 것은 모두가 알고 있었으므로 누군가 순수한 관심으로 우진에 대해 물어올 때면 "여전하죠, 뭐."라고 거짓말을 하면서 대충 넘기곤 했다. 그러면 스스로 오류를 범하거나 상대로부터 오해를 받을 일이 없었다.

퇴근하고 집으로 돌아오면 평소와 다름없이 씻고 저녁을 챙겨 먹었다. 그런 뒤엔 달리 할 일이 없었다. 원래 내게 이토록 많은 시간이 있었구나, 새삼스럽게 그런 생각이 들었다. 울고 싶을 때면 유튜브에서 이별 장면을 모아놓은 영상을 자주 보았는데 울지 않았다. 사람들은 이별하는 순간에도 참 아름답고 말도 너무 잘하는구나, 그런 생각만 들었다. 그럴 땐 스스로도 의아할 정도로 괜찮은 것 같았고. 그러나 만약 다른 사람이 그랬다면 그 사람보다 더 호들갑을 떨며 그게 정말이냐고, 이유가 어찌 됐든 어떻게 그럴 수 있느냐고 말했을 것 같다.

다만 나는 전보다 과하게 먹고 과하게 잤으며 과하게 소비했다. 우진이 남겨두고 간 것들은 무엇도 버리지 않았으면서 이것저것 사들였고 이것저것 사 먹었다. 소소하게는 집 싱크대 손잡이를 교체했고 자개 선 캐처와 키링, 초와 촛대를 샀으며 5만 원이 넘는 립스틱을 컬러별로 구매한다든가 10만 원쯤 하는 작은 핸드크림이나 50만 원쯤 하는 향수를 사기도 했다. 또 각종 영양제와 해외 식재료들을 과하게 사들인 다음 기한 내에 처리하지 못해 쓰레기통에 처넣었다. 물론 이게 다는 아닌 데다 충동구매도 있었는데 처음 알게 된 브랜드에서 언제 착용할지 모를, 어쩌면 영원히 착용할 일이 없을지도 모르는 넥타이를 컬러별로 구입한 경우가 있었다. 그렇게 그해 겨울까지는 한 달에 버는 돈의 두 배씩을 쓰는 바람에 모아두었던 비상금을 털어 매달 청구되는 카드값을 지불해야 했다. 나는 이별 영상을 보면서는 울지 않았으나 누군가 사랑을 시작하거나 둘 이상의 사람들이 서로를 바라보며 웃고 있는 모습을 볼 때 울었다.

*

 그런 겨울을 보내고 다시 절제를 시작했을 봄 즈음에 나는 무은이라는 사람을 알게 되었다. 동네를 기반으로 한 플랫폼에서 무은 씨가 이별을 했다며 반려동물 동반도 가능하니 가까이 사는 사람들끼리 산책을 하자는 글을 올렸던 것이다. 코로나 상황이 안정화되어 일상을 되찾아 갈 무렵이었다. 나는 그 글이 올라오자마자 참여하고 싶다는 댓글을 달았다.

 반려동물과 함께 온 사람은 없었고 나와 무은 씨를 포함한 다섯 사람이 저녁 여덟 시에 한강 공원 입구에서 만났다. 공원 산책길을 걷는 사람은 내 생각보다 훨씬 많았다. 처음 본 무은 씨는 매우 상냥하고 활기찬 목소리로 우리를 인도했다. 그러다 곧 이동이 원활하도록 둘씩, 하나씩 차례로 걸어야만 했다. 다른 사람들끼리는 어떤 말을 나누고 있는지 모른 채 나는 무은 씨와 걷게 되었다.
 제가 칠 년을 만났거든요.
 저도…… 저도 그쯤 만났어요.
 나는 십이 년을 만났지만, 그냥 그렇게 말했고, 그날 이후 우리는 거의 매주 만났다. 어떨 때는 일주일에 두세 번을 만나 함께 걷기도 했다. 무은 씨가 글을 올리면 내가 가장 먼저 참여 의사를 밝혔다. 그즈음 나는 뒤늦은 이별의 후유증으로 인해 '이해'를 '이혜'로 쓰거나 '눈길'을 '눈낄'로 쓰거나 '없다'를 '업다'로 쓴 적이 있었다. 오타가 아니었다. 설거지를 하면서 방금 전까지 네모난 반찬통에 담겨있던 음식이 무엇이었는지 기억해 내지 못한 적도 있었다. 혹시 앞으로 내게 기억이란 건 하는 것이 아니라 해내야 하는 것이 될까. 평소보다 과잉된 우려도 했다. 그러니까 그때 무은 씨를 만나지 않았다면 우진이 곁에 없던 첫 여름을 어떻게 보낼 수 있었을까? 무은 씨는 나의 거의 모든 것을 몰랐지만 그런 과장된 두려움만은 가장 잘 아는 사람이었다. 무은 씨와 함께 동네에서 출발해 어느 날은 여의도까지, 어느 날은 충정로까지, 또 어느 날은 고양시 쪽까지 걸어갔다가 땀을 흘리며 돌아오는 길에 그런 마음들을 털어놓곤 했던 것이다. 그럴 수 있었던 것은 무은 씨가 이끌던 그 산책 모임이, 나보다 한국어를 잘하는 미국인과 그의 멕시코인 친구까지 참여했던 산책 모임이 다섯 명에서 여덟 명으로, 여덟 명에서 열두 명까지 늘어났다가 종국에는 둘만 남게 되었기 때문이었다.

오늘은 사람들이 왜 이렇게 안 나왔을까요?

이상한 일 아니에요. 이러다 혼자가 되기도 해요.

알고 보니 무은 씨의 집과 나의 집은 걸어서 불과 삼 분 거리였다.

*

무은 씨와 나는 종종 서로의 집을 오가게 되었다. 집이 그렇게까지 가깝지 않았다면 아마 그런 일은 없었을지도 모르겠다. 충정로까지 다녀오던 긴 산책을 마치고 무은 씨의 제안으로 나의 집에서 맥주를 마시기로 한 것이 시작이었다. 우리가 똑같은 앞치마와 국자를 가지고 있다는 것을 알게 되었는데, 앞치마로 말하자면 한두 번 쓰고 그 뒤로 쓴 적이 없다는 것도 같았다. 무은 씨는 나의 작은 집을 꼼꼼히 구경했다.

소진 씨, 옷이 한 벌이 아니었네요.

네. 사기는 사는데 이상하게 하나만 입게 돼요.

이상한 건 아니고요, 하나만 사셔요.

제 맘이에요.

우리는 과일과 크래커를 꺼내놓고 맥주를 마시면서 전과는 아주 조금 다른 얘기를 나눴다. 앞으로는 저희 집에 오셔서 빨래하세요. 빨래 돌려놓고 산책하면 되겠다. 아, 어떻게 그래요. 전 그런 거 신경 안 써요. 아유, 고맙지만 괜찮아요.

오, 전시회 다녀오셨나요? 아뇨. 가려고 붙여놨어요. 이렇게 하지 않으면 티켓이 있다는 사실을 까먹을 것 같거든요. 그런 얘기를 해가 뜰 때까지.

 다음 날 나는 우리가 중간에 이제 그만 자리를 마무리하자고 해놓고, 내가 무은 씨를 데려다주겠다고 해놓고 그 집 앞에서 또 한참을 떠들던 장면을 되풀이해서 떠올렸다. 화장실이 너무 급하니까 그것만 좀 해결하겠다고 들어간 무은 씨의 집에서 다시 맥주를 마시며 이차전을 시작하던 순간도. 앞치마만 같았지 그걸 제외한 사는 방식은 너무나도 달라 마치 술이 확 깨는 기분이 들던 순간도…… 예를 들면 무은 씨는 거의 모든 물건을 꺼내놓는 편이었다면 나는 눈에 보이지 않게 수납하는 식이었다. 그러나 아무리 그랬댔도 서로에 대해 아는 것은 그게 다였다. 둘 중 하나가 허전함을 느끼지 않는 순간이 오면 이 산책이 끝날 수 있다는 걸 알고 있었다. 그런 이유로 산책 모임에서 빠진 사람이 벌써 셋이었으니까.

 그사이 나는 무은 씨가 웰치스를 좋아한다는 것을 새로 알게 되었고 무은 씨는 내가 마운틴듀를 좋아한다는 것을 새로 알게 되었다. 식당에서 웰치스나 마운틴듀를 발견하면 무

산책 157

조건 기분이 좋아진다는, 그런 얘기를 나누며 웰치스와 마운틴듀를 마실 때였다.

최근에 저는 제 생각보다도 제가 그리 좋은 사람은 아니란 걸 알게 됐어요.

무은 씨가 말했고 나는 왜냐고 물었다. 그때 나는 무엇을 기대했기에 무은 씨가 그냥 그렇다고, 그걸 너무 늦게 알았다고 짧은 대답을 했을 때 약간의 아쉬움을 느꼈을까. 무은 씨가 나를 어떻게 생각할지, 혹시 우리가 조금 더 가까워질 수 있을지…… 그런 것을 궁금해했을까.

내가 본 무은 씨는 그럴 생각은 없어 보였는데, 바로 그 이유로 나는 처음으로 먼저 무은 씨에게 연락을 했다. 수건이 한 장도 남아있지 않았으므로 그날 하지 않으면 안 됐던 빨래하기를 뒤로 미뤄둔 채 그걸 확인하고 싶었다. 내가 누군가의 마음을 확인하고 싶다는, 그런 마음을 가졌다는 사실에 나조차 놀라면서. 무은 씨가 선명해지는 대신 우진에 대한 기억은 차츰 흐릿해지고 그 빈도수가 줄어들고 있다는 사실에 조금 낯설어하면서. 그 사실을 섣불리 믿을 수 없어 하면서도 난.

[무은 씨, 혹시 오늘 뭐 하세요?]

나는 아무것도 하지 않고, 아니 무은 씨의 답신을 기다리면서 무은 씨의 답신을 기다렸다. 답신이 온 것은 내가 메시지를 보내고 한 시간 삼십 분이 흐른 뒤였다. 화상으로 하는 영어와 베트남어 수업을 연달아 마친 뒤였다고 했다. 오늘은 베트남의 동물들과 과일들에 대해 배웠다고 무은 씨가 말했다.

돼지는 뭐예요?

돼지요? 아, 뭐였지?

그럼, 수박은요?

아, 수박이 뭐였더라! 소진 씨! 베트남어로 수박이 뭐죠?

전 모르겠는데요.

뭐지! 둘 다 방금 배운 건데! 대체 뭐였을까요!

무은 씨, 이따 시간 있어요?

전시장은 무은 씨와 나의 집에서 버스로 이삼십 분쯤 걸리는 거리였다. 나는 전시회 티켓을 준 사람을 떠올리다가 집을 나설 타이밍을 놓치고 말았다. 무은 씨에게 이 티켓을 준 사람에 대해 설명해 주고 싶었는데 기억이 나질 않았다. 누구도 그걸 설명하라고 한 사람은 없었으므로 크게 중요한 일은 아니었지만, 나에겐 중요했다. 무언가를 또 잊었다는 사실이 싫었다. 지난겨울 눈이 오던 날이었고 몹시 어두웠고 상수동의 한 카페 앞이었다는 것은 기억했지만 정작 중요한 것을 잊은 듯했다. 누군지만 기억해 낸다면, 누군가를 또 잊었다는 자책은 얼마든지 되돌릴 수 있는 일이 되는 것이었으므로 먼저 출발했다는 무은 씨를 뒤따라가는 택시 안에서도 내내 그날의 함박눈을 떠올렸다. 그러나 생각하면 할수록 눈이 내리던 상수동 골목길의 추위와 입장권이 든 네모난 모양의 긴 봉투와 그것을 건네던, 추위에 빨개진 손만이 떠올랐다.

무은 씨와 나는 전시장 입구에서 만났다. 각자 전시를 보고 출구에서 만나자고 말하며 무은 씨에게 티켓을 건넸다. 어머, 무서워라. 이거 혹시 피는 아니죠? 무은 씨가 말했다. 와인이에요, 와인. 벽에 붙여놨던 티켓에 와인 몇 방울이 튀었는지 얼룩을 이루고 있었다. 무은 씨는 티켓을 들고 먼저 입장했다.

거기는 들어가시면 안 돼요.
직원의 말에 나는 얼굴이 빨개지고 말았다. 아, 죄송합니다. 통로인 줄 알고. 나는 다급히 주변에 사람이 얼마나 있는지 살폈다. 무은 씨에게 개념 없거나 무지한 사람으로 보이고 싶지 않았다. 아닙니다. 즐거운 관람 되세요. 직원이 상냥하게 말했다. 다행히 무은 씨는 보이지 않았다.

저 꽃, 꼭 잠을 자는 것 같죠?
네?
꽃도 잠을 잔대요.
꽃이…… 잠을요?
갑자기 나타난 무은 씨는 그렇게 말하고는 돌아서서 다른 그림 쪽으로 걸어갔다.

출구에서 만난 무은 씨와 나는 잠시 출구 앞에 비치된 의자에 앉았다. 무은 씨는 여행 모임 친구들과 춘천으로 하루짜리 여행을 간다고 말했다.
정확히는 남춘천이죠.
오. 제가 타이밍을 잘 맞췄군요?
네, 내일 일찍 출발하려고 오늘 오후부터는 비워놨었어요. 덕분에 전시 너무 잘 봤어요.
저도 덕분에.
그렇게 말하자마자 입장권을 준 사람이 떠올랐다. 티켓

산책

을 준 그가 먼저 카페를 나선 뒤에 고맙다고, 전시를 잘 보겠다고 메시지를 보낼 때 그만 '눈길 조심하시고요'라고 썼던 일……에 대해 생각하고 있을 때 무은 씨가 물었다.

소진 씨, 우리 뭐 먹을까요? 아침은 뭐 먹었어요?

저 만둣국 먹었어요.

우진의 어머니가 잔뜩 만들어 전해준 만두들이 아직 냉동실 한편에 있었다. 나는 내가 평소 어머니의 만두를 얼마나 좋아했는지까지 무은 씨에게 말했고, 그 뒤로는 각자 어떤 그림 앞에서 가장 오랜 시간을 보냈는지에 대해 이야기를 나누었다. 나는 전시장에서 흰 눈이 쌓인 그림 앞에서 오래도록 서있었다. 전시장을 나오면서 구입한, 그 그림이 박힌 마그넷을 꺼내 무은 씨에게 보여주었다.

사셨어요?

네. 이거 꼭 목캔디를 만지는 감각 같지 않아요?

와, 천재!

그러나 그 무렵의 나는 아마 천재가 아니라 바보에 가까웠을 것이다. 잠을 자는 꽃 앞에서도 잠을 자는 꽃이 있다는 말을 믿지 못했던 걸 보면.

무은 씨가 고른 식당에서 웨이팅을 하는 동안 나는 아주 오랜만에 티켓을 준 사람에게 연락해 고맙다는 인사를 전했다. [전시 시작 무렵 드렸는데 끝날 무렵 다녀오셨군요. ㅎㅎ] 나는 '무렵'이라는 단어에 시선을 오래 두었고, 차례가 되어 식당 안으로 들어갔다.

밥은 제가 살게요.

그럼…… 그럴래요?

내가 말하자 무은 씨가 웃었다. 나는 신중하게 메뉴를 골랐다.

더 시키세요! 많이 많이 드세요!

무은 씨는 다시 웃었다. 나는 무은 씨에게 내일의 남춘천 여행 계획과, 함께 떠나는 친구들에 대한 과거 에피소드들을 들으며 간간이 웃었고 두 번의 박장대소를 한 뒤 식사를 마쳤다. 혼자 있을 때면 무표정이 되었지만 무은 씨와 함께 있을 때면 나도 모르는 새 웃고 있었기 때문에 중학교 때까지 어머니와 춘천에서 살았다는 얘기까지 할 필요는 없었다. 물론 거기까지만 말할 수도 있었으나 처음부터 하지 않아도 될 이야기였다. 나 역시 무은 씨가 나에 대해 너무 많이 아는 것은 아니라는 사실에 안도할 때가 있었고. 그러니까 그날 거기서 그냥 헤어졌다면, 내가 무은 씨가 원하는 만큼의 거리를 쭉 지켰다면, 아니 무은 씨를 만난 계기가 다른 것이었다면 우리는 때때로 함께 걷거나 전시를 보러 다니는 친구가 될 수도 있었을까.

*

 이대로 헤어지기 아쉬워서 동네로 돌아와 무은 씨의 집 근처 카페에 갔을 때였다. 나는 그즈음 우진에게 연락을 했었단 얘길 할까 말까 고민했다. 우진의 어머니가 많이 아프시다는 이야길 보람 씨로부터 전해 들었고, 그걸 알게 된 이상 도저히 가만히 있을 수가 없었던 것이다. 어머니가 입원한 병원엘 찾아가는 건 무리인 것 같아 우진에게 얼마간의 돈을 송금했다. 그게 우리가 만나온 동안 우진의 어머니로부터 받은 애정에 보답하는 길이라고, 누구라도 나처럼 행동할 거라고, 우진은 나를 아주 잘 알았으므로 어떠한 오해 없이 내 마음을 받아들여 줄 거라고 믿었다.

 주문한 커피를 다 마셔갈 무렵, 무은 씨가 근래 마음에 두기 시작했다는 사람에 대한 얘길 꺼냈다.
 확신이 드나요?
 아직 그렇진 않지요.

나는 활기찬 척을 하면서 뭐든 하지 않는 것보다는 하는 편이 좋을 것 같다고, 나는 이제 더는 후회하는 삶을 살고 싶지 않다고 괜한 다짐까지 했다.

통계에 따르면 사람들은 죽기 전에 안 한 것에 대한 후회를 더 많이 한 대요. 한 것이 아니라.

그렇지만 한 일을 후회할 수도 있죠. 사실 그 사람이 연인이 있는지조차 모르거든요.

무은 씨는 그간 주말에도 종종 만나곤 해서 없을 것 같지만 혹시 모를 실례를 하지 않기 위해서는 다음에 꼭 가장 중요한 것을 물어봐야겠다고 말했다. 늘 그런 얘기는 빼고 시간을 보낸 것 같다면서.

그럼, 전에 칠 년 만났던 분은 이제 완전히 잊은 건가요?

모르겠어요. 저도 그 생각만 하면 좀 이상한 기분이 되기는 해요.

그분은 아직 무은 씨를 기다릴지도요.

네?

언제죠? 지난번에는 집 앞에 무은 씨가 좋아하는 과일들을 사두고 갔잖아요. 아프다는 걸 어떻게 알았는지 아팠을 땐 약이랑 죽도 두고 갔다고······.

고맙긴 한데 그러면 안 된다고 생각해요. 서로를 위해서.

그래도 아마 그분은 좋은 마음으로 그렇게 했……

아, 설명하긴 어려운데 전 그게 조금 싫었어요.

그러셨구나. 근데…… 그래도 죽을 사다 준다는 게……

소진 씨, 그 사람을 아나요?

네?

마치 그 사람을 아는 것처럼 얘기하는 것 같아서요.

아, 그렇게 들렸다면 미안해요.

아뇨, 괜찮아요. 우리 그만 일어날까요?

집으로 돌아와서는 전시장에서 구입한 마그넷을 냉장고에 붙였다. 마그넷을 모으시는 거예요? 모은다면 모으는 거고 모으지 않는다면 모으지 않는 거예요. 말이에요, 방구예요. 같이 웃던 날이 있었다. 나는 그즈음 무은 씨가 마닐라에 다녀오며 사다 준 마그넷 옆에 흰 눈이 쌓인 산이 그려진 마그넷을 붙였다. 그리고 한참을 우두커니 그 앞에 서서 모임 초반에 마음껏 슬퍼하고 마음껏 욕하던 무은 씨를 떠올렸다. 그러자 조금 화가 나기 시작했다.

그 사람을 아는 것처럼 얘기했던 건 나뿐만이 아니었다. 무은 씨도 그런 적이 있었다. 꽤 괜찮은 것 같다고, 이게 이별

한 사람의 기분이 맞는지 잘 모르겠다고 말했을 때, 그건 아마 그분이…… 그렇게 좋은 사람은 아니었기에 그런 걸 거라고 말했던 것이다. 하지만 마지막까지 제 빨래를 해주려던 사람이었어요. 아, 물론 진짜 그렇다는 건 아니고 그렇게 생각하면 마음이 좀 편해진다는 얘기였어요. 그런 뒤에 무은 씨는 그게 그저 자기의 방식이라고 덧붙이기도 했고, 뭐랄까, 무은 씨가 그렇게 여길 만한 단서를 제공한 것도 다름 아닌 나였을 거라 생각했고, 그래서 그때는 나조차도 그렇게 생각하면 더 나을 거란 착각에 빠졌던 것 같다. 무은 씨와 함께 산책하면서 들었던, 나와 너무 같으면서도 너무 달랐던, 누군가와의 만남이랄지 헤어짐을 대하는 무은 씨의 태도에 나도 모르는 사이, 깊이 빠져버렸기 때문이었다.

*

돌이켜 보면 나는 무은 씨와는 반대의 방식으로 굴어야 마음이 편해지는 인간이란 걸 스스로 알고 있었을 것 같다. 최근에 나는 지독한 여름 감기를 앓으면서 그날 이후 우리가 각자의 자리로 돌아간 것은 아마 무은 씨와 내가 서로를 향해 한 번씩 실망했고, 한 번씩 괜찮다고 말했기 때문이 아니었을까 하는 생각을 했다.

 감기는 겨우 나았으나 아버지에게 갑작스러운 연락이 오는 바람에 『로마 이야기』 모임에는 참석하지 못했다. 나는 아직 감기가 낫지 않은 것 같다고 말했고 동료들은 이미 내 건강 상태를 알고 있었으므로 알겠다고 푹 쉬고 얼른 나으라고 했다. 보람 씨는 내게 개인 메시지로 죽을 사 먹을 수 있는 기프티콘을 보내왔다. 그러면서 지난번에 정말 감사했다고, 필요한 것이 있으면 자신이 달려갈 테니 꼭 편히 말해달라는 메시지를 함께 보내왔다. 문득 눈물이 날 것 같았다. 나는 슬플 때 울지 않고 기쁠 때 우니까.

 아버지가 오라고 한 곳으로 가는 길은 고됐다. 폭염 때문이었다. 나는 조금 짜증이 났고 그 기분을 그대로 내버려두었다. 매일 마음 상태를 기록해 온 것이 서른 날째였다. "오늘 전반적으로 기분이 어떤지 선택해 보세요." 나는 늘 순간의 감정이 아니라 그날의 전반적인 기분을 기록했다. '아주 불쾌함'부터 '아주 기분 좋음'까지 있었는데, 기분을 기록하면 화면의 컬러가 바뀌었다. '더 보기'를 눌러 다양한 기분을 살폈지만 늘 여러 감정을 뒤섞어 모아봐도 결국엔 모호하다고 생각했다. 결국 모호해진 건지, 모호할 때마다 기록하는 건지는 알 수 없었다. 순간의 감정을 기록했다면 대부분의 날에 '보통'을 선택하지 않았을 수도 있었을 텐데, 하루 동안 아주 불쾌함과 아주 기분 좋음을 오가고 나면 나는 결국 '보통'을 선택하곤 했다. 기분은 모호했으나 생각보다 너무 작은 규모의 마음을 갖고 있다는 사실 하나는 명확하게 알 수 있었다.

학교에 불이 났다.

아버지는 메시지로 했던 말을 다시 했다. 나는 강한 햇빛에 인상을 찡그린 채 검게 그을린 학교 건물을 바라보았다.

나오지 말래?

경비실도 타버렸으니까.

불을 처음 발견한 것은 아버지라고 했다. 인명 피해는 없었지만, 복구에 삼 개월쯤이 예상되어 코로나 때처럼 원격 수업이 이뤄질 거란 소식을 덧붙였다.

눈앞에서 버스를 놓치는 바람에 사십 분을 걸어 아버지가 사는 마을에 도착했다. 폭염이었으나 다음 버스가 삼십 분 후 도착이었기 때문에 무엇이 더 나은 선택인지 모호해진 탓이었다. 마을 초입에 있는 버려진 땅을 지나자 자전거를 오십 대 거치할 수 있는 시설물이 있었다. 거치된 자전거는 다섯 대. 아버지는 그 앞에 멈춰 섰다. 자전거가 있어? 내가 묻자 아버지는 고개를 가로저으며 시설물 기둥에 붙은 전단의 하단에 오징어 다리처럼 잘려있는 연락처 하나를 뜯었다. 상단에는 "솔방울 5060 동호회"라고 쓰여있었고 '솔'과 '회'라는 글자 옆으로는 솔방울 이미지가 선명하게 들어가 있었다. "7월 13일, 경기 가평 명지계곡 둘레길 트레킹, 3호차 이마트 앞 출발" 5060이기 때문에 아버지는 참석할 조건이 되지 않았다.

현관문을 열자 이상한 냄새가 났다. 나는 아버지를 따라 집 안으로 들어갔다. 셀 수 없이 많은 다육 식물들이 계단을 이루고 있었다.
언제 죽었어?
그제.
아버지가 전 주인이 버리고 간 개를 어떻게 키워왔는지 나는 알고 있었다.
돈이 없어서.
나도 별로 없어.

죽은 개를 사이에 두고 나와 아버지는 한동안 서있었다. 아버지가 덮어준 얇은 여름 이불을 걷어내 보니 개는 딱딱하게 굳어있었다. 개의 표정이 좋아 보여서 나는 의아했다. 아버지는 자리에 앉아 양말을 벗고 무좀약을 뿌렸다.

웃으면서 죽은 것 같아.

나랑 같이 잘 있다가 갔어. 외롭거나 괴로워하지 않고.

아버지와 나는 아마 각자의 집에서 외롭거나 괴로워하다 죽을지도…… 나는 동물 장례업체를 검색해 연락했고 곧 우리를 태울 차량이 도착했다. 나는 그곳에 도착해서 개의 장례를 프리미엄으로 치르기로 결정했고 6개월 할부를 요청했다. 그런 뒤 아버지의 뒤에 서서 그가 우는 모습을 지켜보았다.

개의 유골함을 받아 들고 아버지와 나는 막국수를 먹으러 갔다. 첫 끼였다. 나는 물막국수를, 아버지는 비빔막국수를 주문했고 막국수는 로봇이 서빙했다.

아버지, 이제 외로워서 어떻게 살아?

뭘 어떻게 살아. 그냥 사는 거지.

힘들지 않을까?

네가 와서 살 것도 아니고 쉬게 해줄 것도 아니면서 묻기

산책

는 왜 물어.

 아버지가 하는 말은 하나도 틀린 것이 없었지만 여전히 내게 아무런 관심은 없는 듯했다. 면을 씹어 삼켜 목구멍으로 넘기는 동안 몇몇 사람들과 영원히 헤어졌다는 사실을, 그래서 요즘 내가 얼마나 이상한 시간을 보내고 있는지에 대해서 누구에게도 말할 수 없다는 걸 알았다. 메울 수 없는 간극처럼 이미 알고 있던 이야기였으나 기분이 상해 돈을 내지 않고 먼저 식당을 나왔다.

 이건 네가 가져가.
 두 개 줬어. 아빠도 하나 가져.
 나는 장례업체에서 받은 개의 발자국 엽서 한 장과 계단을 이루던 다육 식물들 중 백은무 하나를 챙겨 집으로 돌아왔다. 오랜만에 만난 아버지는 정정했고 나는 개의 명복을 빌며 동물 보호 관리 시스템에 접속해 사망 신고를 했다. 그 집을 나설 때 아버지는 개의 자리를 비워둔 채 이부자리 끄트머리에서 자려는 폼을 잡고 있었다. 하고 싶은 말이 생겼는데 전할 곳이 없어 나에게 메시지를 보냈다. 내가 늘 갖고 싶었던 것. 어머니에 대한 기억과 확신.

우리는 무엇을 함께 좋아했나. 어떤 시간을 함께 보냈나. 그러다 이렇게도 생각해 봤다. 우리가 함께 좋아한 것은 무엇이었나. 함께 보낸 시간들은 무엇이었나. 내가 잘못한 것은 누군가가 나를 얼마나 미워하는지를 기어코 확인하려고 했던 것.

*

주말 아침에 아버지의 집에서 가져온 백은무를 화분에 옮겨 심었다. 화분이란 게 식물이 사는 집이라는 뜻이래요. 무은 씨가 말했었고 나는 내게 주어진 시간을 보내기 위해 혼자 산책을 나섰다. 주인 아주머니가 집 앞에 늘어선 화분에 물을 주고 있었다. 해는 매일 강하게 내리쬐는데 비가 통 오지 않아 직접 물을 주고 있다는 이야기였다. 나는 새로 이사한 동네를 걸었다. 개를 데리고 산책을 하는 사람들이 많았다. 나는 이제 개 없이 홀로 산책에 나설 아버지를 떠올리며 약속이 없는 사람처럼 걸었다. 급격히 찐 살을 빼려면 앞으로는 더 많이 더 빨리 걸어야 할 것이고, 그래서 그렇게 했다. 그리운 사람들을 보지 못하고 사는데도 어째서 크게 울지 않는지는 여전히 모르는 채로. 그냥 보면 그냥 걷고 있는 것처럼 보일 것 같고 자세히 보면 때때로 이상한 표정이란 걸 들키게 되니까 더 빠르게. 아마 사람들은 꽤 오랫동안, 이미 그래왔을 것이다.

*

내 쪽에서도 무은 씨 쪽에서도 서로 연락 없이 그해의 남은 여름과 가을을 보냈다. 무은 씨의 산책 모임 글은 서서히 뜸해지다가 초겨울 무렵부터는 더 올라오지 않았다. 나는 그렇게 그해를 보내고 다음 해를 맞이했다. 그러다 갑자기, 무은 씨의 전화번호를 알면서도 전화나 메시지를 보내는 대신 메일을 보내서 근황을 전했다. 사내에 있던 작은 독서 모임에 뒤늦게 들어갔고 거기서 『자기 앞의 생』이라는 책을 읽었다고, 무은 씨는 혹시 읽어보았느냐고 말이다. 모임을 이끄는 현호 씨에 대한 이야기도 썼다. 한번 뭘 시작하면 그만두는 일이 잘 없다고 보면 되는데, 사람이 뭘 하든 무엇보다 중요한 것이 지속성이고 그것을 위한 끈기가 핵심이라고 반복해서 말하는 이사님의 말까지 전해버렸다. 현호 씨를 오래 알아온 지환 씨의 말에 따르면 현호 씨가 중학교 때 만든 밴드를 지금까지 하고 있다는 얘기도 전했다. 해체도 은퇴도 하지 않아 유지되고 있는 밴드의 멤버가 현호 씨 한 명뿐이라는 얘길 덧붙였을 때는 왜인지 누구도 웃지 않고 모두 놀라고 말아버렸다는 분위기도 전했다.

나는 한 줄을 띄우고 에밀 아자르이자 로맹 가리라는 작가의 삶에 관한 이야기를 비롯해 소설을 읽는 데 알고 있으면 좋을 배경지식에 대해서도 들려주었다고 하면서 그때 들은 이야기들을 기억나는 대로 전했다. 보람 씨가 인간의 삶과 사랑에 관해 이야기할 때는 그 해석 앞에서 사람들이 모두 진지한 표정을 지었다고 말이다.

창밖의 구름이 너무나도 아름다워서 서둘러 집을 나섰는데, 막상 나오고 보니 구름은 이미 흩어지고 난 뒤였다는 얘기는 추신으로 덧붙였다.

무은 씨로부터 메일이 온 것은 한 달쯤 지난 뒤였다. 부산 근처로 이사를 갔다는 이야기였다. 급하게 이뤄진 일이었기 때문에 경황이 없었다고 했다. 전 같았으면 그래도 그렇지 집이 삼 분 거리인데, 했을지도 모르겠지만 그 무렵의 나는 무은 씨에게 정말 그럴 만한 사정이 있었을 거라 믿었다.

다른 이야기는 없었으므로 말해준 것만 믿으면 되니까. 나는 다른 건 상상할 수 없었고 차가운 공기를 들이마시며 해변을 산책하는 무은 씨를 상상했다.

그로부터 다시 얼마간의 시간이 지났을 때, 무은 씨는 다시 메일을 보내왔다. 그즈음의 나는 회사 일로 출장을 자주 다니는 바람에 다른 것에는 별로 신경을 쓰지 못하고 지내고 있었다. 메일에는 버려진 새끼 고양이에게 간택되어 집사가 되었다는 소식이 있었다. 그러면서 내 아버지가 키우던 개에 대한 안부를 물어왔다. 나와 함께 사는 게 아닌 것을 기억하고 있을까. 그런 뒤엔 『자기 앞의 생』을 읽었다면서 히가시노 게이고의 『용의자 X의 헌신』 이후 처음 읽는 책이었고 소설에 깊이 빠져들었다는 이야기를 전했다.

X라는 용의자가 헌신을 하는 내용인가 보네. 당시 만나던 연인과 깔깔거리며 서점에서 책을 샀던 십이월, 함박눈이 내리던 날, 몸을 붙이고 앉아 책 한 권을 같이 소리 내 읽던 밤, 처음엔 어긋나던 읽는 속도가 점차 맞아가던 새벽, 대사를 읽다 자연스럽게 연기 톤이 되자 방바닥을 뒹굴며 웃던 모습을 잠시 떠올렸다면서 이유는 알 수 없지만 뭔가를 너무 잘

하면 문득 참을 수 없이 웃기기도 하는데 이상한 것 같은지를 물어왔다. 아버지가 키우는 개의 안부라든지 너무 잘하는 걸 보면 괜히 웃겨지는 것이 이상한지를 물어온 것은 대답을 들으려는 건 아닌 것 같았고 나는 이유를 알 수 없이 한 방울씩 삐져나오는 눈물을 참아야 했다. 집에 혼자 있었지만 그것을 참고 싶었고 그러나 그 눈물은 어떤 종류의 기쁨 때문이었으므로 사랑이나 슬픔과는 관련이 없었을 것이다.

결국 모모가 돌아왔다는 장면에서 전 정말.

마치 내가 옆에서 함께 걷고 있어서 그래도 된다는 것처럼, 무은 씨의 메일은 거기서 뚝 끊겨있었다.

*

무인양품 일은 아직도 안 끝났죠?

네. 일본에 직접 가야 할 수도요.

끝이 나긴 나려나요.

나죠. 그동안 그래왔잖아요.

다음 책은 누가 정할 차례죠?

저요.

다음 모임의 도서 선정자는 지환 씨였다. 곧 결혼식을 앞

산책

둔 지환 씨는 별다른 다툼 없이 폴란드 그단스크로 신혼여행지를 정했으며 이번엔 SF 소설을 함께 읽자며 살면서 이렇게 다방면으로 설렌 적은 처음이라고 말했다. 그다음 선정자는 나인데, 나는 아직 어떠한 책을 골라야 할지 모르는 상태다. 모두가 즐거울 수 없고 꼭 그럴 필요도 없다는 걸 알지만 그랬으면 좋겠다는 생각과 여전히 바보 같다는 생각을 잠깐 한다.

이제는 빨래방에 갈 필요 없이 집에서 세탁과 건조를 한다. 우진이 즐겨 입던 티셔츠는 이미 오래전에 낡을 대로 낡아버렸지만, 버릴 생각은 없고, 이주 전엔 보람 씨로부터 우진이 결혼을 한다는 소식을 들었다. 나는 아버지가 내게 애정이 없다는 걸 알지만 종종 생사를 확인해 본다. 그냥 그게 편하다.

어제는 집에서 거미 두 마리가 발견되었다. 나는 거미들을 에이포 용지에 태워서 집 밖으로 내보냈다. 사흘 전엔 알 수 없는 알고리즘으로 관통상일 때는 절대 빼지 말 것을 경고하는 짧은 영상을 보았으며 지난주엔 십 년 넘게 매주 구입하는 로또 다섯 게임이 모두 3등에 당첨되어 5개월 할부였던 이사 관련 비용과 6개월 할부였던 개의 장례 비용을 선결제했다. 그러자 돈은 여전히 없고 시간은 여전히 많다.

*

퇴근을 앞둔 시간에 현호 씨가 같이 연극을 보러 가자기에 얼결에 알겠다고 했다. 나도 현호 씨가 좋긴 하지만 나라면 회사 동료와 퇴근 후까지 만나고 싶지는 않을 것 같은데 현호 씨는 상관이 없는 것 같았다. 현호 씨는 내게 언니라고 불러도 되느냐고 물었고 나는 그건 안 되겠다고 대답했다.

밖에서만요.

안 돼요.

언니!

안 돼요.

현호 씨가 시무룩해했지만 나도 어쩔 수는 없었다. 대학로는 회사에서 가깝고, 날은 덥지만 걸어갔다. 현호 씨는 원숭이가 친구의 털을 고르는 데 삶의 20%를 쏟는다는 이야기와 홍대 앞에서 한다는 수채화 수업에 관한 이야기, 돌발성 난청과 유방암에 관한 이야기, 당황한 표정으로 카센터 앞을 지나던 어린이들에 관한 이야기, 꽃을 닮은 물고기들에 관한 이야기를 들려주었다. 꽃에 관한 이야기가 나왔을 때는 나도 한 마디를 보탰다. 꽃도 잠을 잔다고 해요. 잠을 자는 꽃이 있대요. 자정 무렵 우리는 각자의 집으로 돌아갔다.

*

새벽에 무은 씨로부터 메일이 왔다. 우리가 삼 분 거리에 살던 동네로 다시 돌아왔다는 소식을 전한 지 일 년 만이었다.

소진 씨에게.
어쩌다 보니 목캔디 중독자가 되었다는 소식을 전해요.
그게 중요한 건 아니고 그걸 먹을 때마다 오래전 함께 전시회에 갔을 때 만져보았던, 흰 눈이 쌓인 산이 그려진 마그넷의 감촉이 떠오른다는 게 중요한 것 같아요.
요즘은 밥 대신 소시지와 파인애플주스를 먹습니다.
전 그냥 그것들이 좋아요.

추신: 이제 곧 매미가 울겠지요.

싱싱하고 달콤한 적색 무화과를 씻지도 않고 나눠 먹던 그해 늦은 봄과 여름. 우리가 서로의 집을 오가며 조심스러우면서도 아무렇게나 사랑에 대해 떠들어댔다는 사실이 문득 낯설게 다가올 때면 그 무렵의 산책길이 선명하게 되살아나고, 그러면 아무래도 조금 이상했다는 생각이 든다. 무은 씨를 만나기 전까지 나의 집을 그런 식으로 드나든 건 우진이 유일했고 무은 씨와 멀어진 후에도 그런 일은 없었으니까. 그 여름을 이렇게까지 그리워할 일인가 싶으면서도 그때를 떠올리다 보면 새벽까지 잠이 오지 않는다.

무은 씨와 나는 이제 삼십 분 거리에 산다. 만나려면 얼마든지 만날 수 있지만 가끔 이렇게 상대의 안부를 묻고 자신의 근황을 전하면서도 왜인지 누구도 만나자는 말은 없다. 나는 이어지는 생각을 멈추려 홍제천 쪽으로 산책을 나섰고, 그해 여름 무은 씨가 알려준 음악들을 반복해서 듣다가 외로움과 자유로움을 느꼈다.

| 작가의 말 |

 얼마 전에 충동적으로 레몬 소금을 샀다. 소비 기한이 두 달 남은 줄 모르고 샀다. 그래서 세일을 했구나, 이해가 되었다. 그냥 편히 먹을 수도 있겠으나 어떻게 하면 두 달 안에 다 먹을 수는 없을까 고심하게 되었다.

 된장국에 레몬 소금을 넣으면 어떻게 될지 묻는다든지, 넣었더니 맛이 어떻다든지. 이런 하찮은 이야기들을 너무 하고 싶은데 아무에게나 기댈 수는 없다. 나는 어느 한낮에 K에게 메일을 보낸다. 그러면 내가 사는 곳과는 너무나도 다른 날씨 이야기와 함께 더욱 하찮은 이야기들로 가득한 답신이 온다. 추신에는 나무라듯이 이상한 소리는 그쯤하고 놀러 오기나 하라는 얘기가 있지만 가끔은 삶을 그런 식으로 보면 힘들지 않겠느냐고 묻는 방식으로 다정하다.

H가 메일에 첨부해 준 글을 읽고 음악을 들으면서 지난봄을 보냈다. 지긋지긋하려나? 나는 그가 보낸 메일보다 두 배긴 답신을 보냈다. 어쩌다 만나게 되면 매번 서로의 나이를 묻고 돌아서면 잊는데, 아침이 올 때까지 논 뒤에는 번갈아가며 서로를 집에 데려다준다.

우리는 모두 다른 모임에서 만났고 여러 날 함께 걸었다. 가장 기억에 남는 것은 어느 해 여름에 주고받은 한 줄짜리 메일이다. 매미가 계속 우는데…… 내가 사는 곳은 어떤지를 묻는, 그런. K와 H는 어떤지 나도 너무 궁금한데, 서로에 대해 잘은 모른다는 사실은 슬프기도 하고 기쁘기도 하다. 덕분에 나는 무언가를 해낼 거란 낙관도, 해내지 못할 거란 비관도 하지 않는다.

일주일 전 파리의 방브역에 도착했을 때, 도시 풍경이 어딘가 낯익었다. 노란 우체통을 사이에 두고 쉴 새 없이 떠드는 여자들 뒤로 전동 킥보드 무리가 햇살을 받으며 지나갔다. 전동 킥보드에 올라탄 아이들은 무료함을 달래려는 듯 서로의 몸을 부딪치며 웃음을 터트렸다. 어디선가 색색의 풍선이 무리를 지어 날아오르더니, 문득 커피 향이 맡아졌다.

나는 커피 향을 따라 휘어진 도로를 걸었다. 단풍 든 거리에서 벼룩시장이 열리고 있었다. 물건의 종류만큼이나 상인들의 피부색도 다양했다. 가판대 아래마다 흰색 돋움체로 숫자가 쓰여있었다. 다양한 국적의 사람들이 양쪽으로 마주 놓인 가판대 사이를 걸으며 탄성을 내질렀다. 접시는 물론이고

빈티지 액세서리와 보석함, 클래식 카메라와 지팡이, 헌책과 금속 촛대, 옷과 운동화, 오래된 잡지와 그림들, 심지어 음화 필름도 있었다. 현상하지 않은 저 음화 필름은 누구의 어떤 순간일까?

나는 낡은 바이올린 앞에서 걸음을 멈추었다. 벼룩시장의 물건이 낡은 건 당연하지만, 그 바이올린의 줄은 모두 끊어져 각기 다른 방향을 가리키고 있었다. 귀를 기울이면 치명적인 고음이 흘러나올 것 같은 착각마저 일었다. 그때 주의를 환기하는 소리가 들려왔다.

"타로, 25유로."

뒤돌아보니 149번 가판대 여자가 소리치고 있었다. 예순 살쯤 돼 보이는 여자는 은색과 자주색이 뒤섞인 머리카락 위에 검은 뜨개 모자를 눌러썼다. 그녀의 손은 앞에 놓인 타로를 가리키고 있었다. 오랜 시간 많은 손길이 지나간 듯 모서리가 나달나달한 낡은 카드였다. 나는 자석에라도 이끌린 듯 순식간에 그 앞에 섰다. 스미스 웨이트 카드였다.

어느새 내 손은 바닥에 놓인 카드를 옆으로 주룩 펼치고 있었다. 그림체는 마음에 들었지만, 빛이 바래고 지워진 흔적이 많았다. 요즘 것과 달리 종이 질감과 바랜 색감이 아날로그의 향수를 느끼게 했다. 나는 가격을 흥정하지 않고, 멀리 보이는 커피 상점을 힐끔거렸다. 오후 2시가 막 넘어가고 있었다. 주변 상인들이 짐을 정리하기 시작했다. 주인 여자는 내가 망설인다는 것을 알았을 것이다. 그녀는 나를 향해 씩 웃더니 소리쳤다.

"10유로."

나는 카드를 산 다음 여자 앞에 주룩 펼쳐놓았다.

"하나를 선택해요."

여자는 호탕하게 웃으며 주변 상인들을 손짓해 시선을 집중시켰다. 그러고는 검지로 카드 한 장을 꾹 눌렀다. 그건 10번 소드Sword 카드였다. 바닥에 엎어진 남자의 등에 열 개의 검이 꽂혀있었다. 배경 하늘은 진회색 먹구름이고, 그 아래 옅은 노란색이 희망 고문처럼 낮게 깔려있었다.

나는 재빨리 카드를 섞으면서 여자를 위로했다.

"검은 구름은 물러가요, 언젠가는."

여주인은 고개를 갸웃하더니, 큰 소리로 말했다.

"우리 구역에 타로 걸이 왔어."

*

예약한 숙소는 승강기가 없는 6층짜리 건물이었다. 코코

아색 페인트가 칠해진 나무 계단은 바라보기만 해도 아찔했다. 나는 숨을 크게 내쉬고 두 손으로 캐리어 손잡이를 야무지게 움켜잡았다.

계단을 한 단씩 오르면서 온 힘으로 캐리어를 끌어 올렸다. 몇 번쯤 멈춰 서서 숨을 몰아쉬다가 간신히 3층을 올랐다. 땀방울이 가슴 사이를 구르고 온몸이 후끈거렸다. 그런데 아직도 '2층'이었다. 1층이 '0층'이었던 것이다. 502호까지 가려면 6층을 오르는 셈이었다. 그때의 막막함이란……
다음 순간, 인간 안에서 분노와 힘이 뭉치면 어떻게 되는지를 생생하게 체험했다. 20킬로가 넘는 가방을 든 채 한 번도 쉬지 않고 3층 계단을 오르도록 나를 격려한 힘이 분노가 아니면 무엇일까.

나는 502호의 갈색 나무문 앞에 섰다. 나무의 질감이나 크기로 보아 방문이라기보다는 커다란 현관문 같았다. 그 문을 열고 들어가니, 다시 두 개의 하얀색 문이 나타났다. 이런, 그제야 나는 큰 열쇠에 액세서리처럼 매달린 작은 열쇠를 발견했다. 이제 어떤 문을 열어야 할까?

잠시 후 나는 왼쪽 문고리에 열쇠를 넣었다. 열쇠는 쉽게 들어갔지만, 문은 열리지 않았다. 이리저리 돌리던 열쇠를 간신히 빼냈을 때 갑자기 그 문이 활짝 열렸다. 거기에는 키 큰 아랍 남자가 서있었다. 땀이 맺힌 이마가 따끔거리기 시작했다. 공포에 빠져 그 상황에 대한 정보를 얻기 위해 내 동공은 말할 수 없이 커졌을 것이다. 아랍 남자는 눈동자가 얼마나 많은 것을 말하는지 아는 사람 같았다. 그가 웃으면서 재빨리 다른 문을 가리킨 것이다. 파리에 도착한 후 처음 만난 친절이었다.

한국이 녹색 국가로 지정된 덕분인지, 드골공항의 모든 직원은 나를 매우 빠르게 통과시켰었다. 거의 못 본 척한다는 인상마저 받았다. 어쩌면 나는 회사 내에서도 그런 사람이었을 것이다. 특히 '홍'과 있을 때면 더욱 그랬을 것이다. 입사 동기인 홍은 나를 '유'라고 불렀다.

"유예리 씨, 이제부터 성으로 부를게요."

그래서 나는 그녀를 홍이라 부르게 되었다.

나의 파리행은 홍의 미투에서 시작되었다. 승강기 없는 파리의 숙소에서 동공 확장을 경험한 것도, 그녀의 날갯짓이 불러온 나비효과 중 하나인 것이다. 그것은 내 일상과 필연적으로 맞물려 있기도 했다. 인턴 시절 업무 중에는 직원들이 해외 연수 중에 사용할 숙소를 예약해 주는 일도 있었는데, 이 숙소가 바로 그런 곳 중 하나였다.

파리 출장 전, 회사는 미투 사건으로 조용히 술렁거리고 있었다. 홍이 팀장을 미투 가해자로 고소한 것이다. 회사 측에서 팀장의 재판 준비를 해주고 있다는 소문도 들려왔다.

 팀장은 홍과 분리되어 다른 층으로 출근하기로 결정되었다. 그날 저녁 회의에서 팀장의 목소리는 잔뜩 화가 나있었다. 평소의 그답지 않게 앞뒤 맥락 없이 얼굴을 붉히며 목소리를 높였다.

 "양심? 그런 거 옛날에 실종됐잖아? 덕분에 난 회사에서 살아남았지. 처자식도 살아남았고, 그 덕분에 세상도 이렇게 잘 돌아가고 있잖아?"

 양심의 덕을 보았다는 건지 양심의 악덕을 보았다는 건지 알 수 없었지만, 그의 말은 옳았다. 양심이야말로 새삼스레 실종 신고를 할 수도 없을 만큼 오래된 감정이니까.

 팀장은 팀원들에게 끔찍한 독설을 던지고는 어르고 달래기를 잘했다. 절대로 기분이 안 좋은 상태로 퇴근시키지 않았다. 그 직원으로부터 진심에서 우러나오는 웃음과 감사의 말을 받을 때까지 인내심을 발휘했다. 게다가 그는 눈썹을 위로 쓱 끌어 올리는 간단한 동작으로 많은 걸 처리했다. 어떻게 그런 동작 하나로 많은 사람을 움직이는지 놀라울 뿐이었다.

최근에 팀장이 가장 많이 한 말은 "요즘 애들, 왜 그래?"였다. 언제부턴가 그 말은 매끄러운 랩처럼 음정까지 갖추었다. 하지만 그는 'MZ세대 배우기'라는 사내 프로그램에 열심히 참석했다. 신입사원과 나이 든 임원들이 세대 간의 문화를 배우는 일종의 특별활동이었다. 팀장은 특별활동 시간을 매우 즐거워하는 듯했다. 심지어 요즘 애들을 칭찬하기도 했다! 그러나 그 요즘 애들이 모바일로 비대면 결재를 원했을 때는 코웃음을 치며 되받아쳤다.

"그럼, 모바일로 사퇴 요구해도 되는 거지?"

그러고는 은근한 목소리로 덧붙였다.

"왜? 너희들은 되고, 나는 안 돼?"

사원들은 팀장의 업무 능력을 높이 샀지만, 원심분리기 안에 들어가도 먼지 한 톨 안 날 인간이라고 수군거렸다. 그럴 때마다 홍은 조용히 말했다.

"털면 나오는 게, 먼지야."

홍이 그 말을 할 때 우리 중 누구도 귀 기울이지 않는 것처럼 보였다.

거기 모인 사원들 대부분이 뒤에서 홍에 대해 수군거리던 얼굴들이었다. 그들의 상상력은 뛰어났다. 입사 동기인 나보다 홍의 사정을 더 많이 아는 듯 자세한 일상을 구체적으로 입에 올렸다. 그 자세한 말 중에서 빠지지 않는 것은 홍의 외모에 대한 품평이었다. 성형한 얼굴이라는 건 기정사실이 된 지 오래였고, 여자마저 홀릴 수 있는 눈매가 킬 포인트라고 했다. 첩의 딸이라는 누군가의 추측이 눈덩이처럼 구르고 굴러서 2주일 후에 홍의 엄마는 네 번째 첩이 되어있었다.

 언젠가 회사에 찾아온 홍의 엄마를 본 적이 있었다. 서천에서 막 올라왔다는 홍의 엄마는 짧은 파마머리를 손으로 누르면서 수줍게 웃었다. 그러고는 싸 들고 온 보따리 중에서 직접 농사지은 마늘을 내게 주었다. 홍은 그 마늘이 술안주로 좋다고 말했다. 알이 작고 단맛이 돌던 그 알싸한 마늘이 술과 섞여 입안에서 씹힐 때 내가 느낀 감정은 난데없는 서글픔이었다. 알고 싶지 않은 진실을 알아버린 듯한, 불편하고 서글픈 맛.

*

 방브역 앞에는 수령이 오래된 커다란 가로수가 있었다. 그 자리에서는 주변의 모든 것이 풍경화로 보였다. 길게 늘어선 가로수는 벌써 발그레하게 물들어 가고 있었다. 때로 그 아래에서 아찔한 장면이 연출되었다. 전동 킥보드에 올라

탄 남자아이들이 언제나 그 주변에서 놀고 있었는데, 위험천만한 묘기를 흉내 내면서 키득거리곤 했다. 그들 셋은 똑같은 남색 모자를 쓰고 있었다.

그 오래된 나무 아래에는 분홍색 커피 트럭이 있었는데, 이탈리아에서 온 연인이 운영하는 것이었다. 그들은 커피를 팔면서 전 세계를 여행하는 중이라고 했다. 트럭의 헤드라이트에 장난스럽게 그려진 속눈썹을 볼 때마다 홍의 옆모습이 떠올랐다. 위아래로 경계가 또렷한 홍의 눈은 얼핏 동남아 여성의 분위기를 느끼게 했다. 그녀의 길고 진한 속눈썹은 여직원들의 신랄한 입에 의해서 뽑히고 잘려 나가 인조 눈썹이 돼버린 지 오래였다. 진짜 눈썹이 그렇게 풍성할 리가 없다는 것이었다.

나는 매일 홍의 눈썹을 닮은 헤드라이트를 바라보며 에스프레소를 세 모금에 나눠 마시고는 전철을 탔다. 아마도 그 에스프레소는 두 번 다시 맛볼 수 없을 것이다. 같은 품종의 원두를 프렌치 로스팅 하고 투 샷으로 내려도, 결코 그 맛은 아닐 게 분명했다. 그 순간의 바람과 온도는 물론이고, 조바심과 자포자기 심정으로 바라본 이국의 풍경이 없을 테니까.

파리의 전철은 쾌적하지 않았다. 전철을 타면 시선을 어디에 두어야 할지 난감할 정도였다. 객차의 시설은 물론이고

플라스틱 의자나 유리창에도 어지러운 낙서가 가득했다. 날카로운 것으로 유리를 파내어 쓴 듯한 글씨들은 무슨 뜻인지 알 수 없지만, 얼핏 비명처럼 보였다. 참을 수가 없다고 소리치던 홍의 비명을 파리의 전철에서 보는 것 같았다.

국문과 출신이 많은 홍보팀에서 홍은 유일한 공대 출신이었다. 그녀는 몇 가지 형용사로 표현하기 아까울 정도로 다양한 표정을 가졌다. 무심한 듯 고무줄로 질끈 묶은 다갈색 머리카락은 늘 건강한 빛이 흘렀고, 포도알 같은 눈동자는 탐스럽게 빛났다. 그녀의 문제는 유독 빛나서였는지도 모른다. 무엇보다 돋보이는 건 빠른 업무 판단 능력과 분위기를 이끄는 감각이었다. 그래서 홍과 나의 모습은 상대적으로 더 비교되었을 것이다. 물론 팀장의 비교는 우리 둘의 입사 초부터 시작되었다. 팀원 중 누군가 내게 머리 모양을 바꿔보라고 말하면, "변화를 안 주는 건 게으른 거야."라는 팀장의 확증 편향이 뒤를 이어 들려왔다. 그럴 때마다 홍은 "소박한 거예요."라고 나를 변호해 주었다.

언제부터인가 팀장은 홍의 언어를 따라 하고 있었다. 팀원들의 실수를 조목조목 지적하다가 "이 정도면 소박해."라며 마무리하곤 했다. 홍보 영상에 자막을 달고 있던 나는 문득 고개를 들어 팀장을 바라보았다. 그리고 우리 팀의 공용

캘린더를 열었다. 팀원들 각자의 일정 보고 및 공지 사항 등을 입력하는 공간이었다. 홍과 팀장의 외부 업무가 여러 번 겹쳐있었고, 퇴근으로 이어지기도 했다.

나는 몽파르나스역에서 내렸다. 몇 사람에게 길을 물어가면서 몽파르나스 공동묘지를 찾았다. 정문 입구에 들어서자, 청동 조각상이 두 날개를 활짝 펼치고 있었다. 그 순간 환영받는 느낌이 든 건 내 착각이었을까.

공동묘지는 조용하고 쓸쓸하면서도 아늑했다. 짙푸른 이끼를 얹은 무덤들이 오래된 냄새를 풍기고 있었다. 조각 공원 느낌이 들 만큼 각각의 무덤 양식이 독특했다. 골초로 유명했던 가수 세르주 갱스부르의 무덤에는 많은 담배꽁초와 꽃다발이 놓여있었다. 애도의 여러 행위 중에 담배꽁초가 있다니. 문득 회사 근처의 아파트 단지가 떠올랐다.

홍과 함께 담배를 피우러 다니던 아파트에 꽤 커다란 화단이 있었다. 화단에는 낡고 검은 프라이팬이 놓여있었는데, 그 안에는 나뭇잎과 담배꽁초와 담뱃갑들이 흙먼지와 함께 가득 들어있었다. 자연과 인간이 만들어낸 기이한 요리처럼 보였다. 그 무질서한 프라이팬 안의 세계에도 어떤 애도가 숨어있었을까. 나도 모르게 긴 한숨이 나왔다.

그때 홍의 메시지가 도착했다.

[잘 지내고 있는지? 조만간에 고려일보 조희선 기자가 연락할 거야. 유의 연락처도 알고 있더라.]

 오전 시간의 공동묘지는 한산했다. 관리인으로 보이는 남자와 중년의 남녀 한 쌍이 눈에 띌 뿐이었다. 나는 무덤 사이를 이리저리 걷다가 보부아르와 사르트르가 합장된 묘지를 만났다. 상앗빛 대리석 묘지 앞에 시든 꽃다발이 몇 개 놓여 있었다. 다음에 올 때는 꽃을 들고 와야겠다고 생각하며 묘지 앞에 쪼그려 앉았다.
 잠시 후 커다란 운동화를 신은 발이 내 옆에서 멈추었고, 영어로 말하는 남자의 목소리가 들려왔다.
 "내 아버지도, 세상을 떠났어요."
 나는 천천히 일어나 옆을 보았다. 목소리의 주인은 검정 배낭을 멘 남자였다. 하얗고 발그레한 피부의 남자는 나이를 구분할 수는 없지만, 길고 도톰한 입술에 숱이 많은 검은 머리카락을 가진 전형적인 동양인의 얼굴이었다. 얼핏 중국계로 보이는 남자는 대답을 기다린다는 듯 물끄러미 나를 바라보았다. 그렇게 우리는 산책 나온 반려동물처럼 서로를 보았다. 마치 눈으로 냄새를 맡으며 쿵쿵거리는 것처럼. 상대의 영역에 '좋아요' 표시를 할 것인지 탐색하는 반려동물 세계의 SNS인 셈인가 하고 생각할 때 남자가 말했다.

"나에 대한 스캔은 끝났나요? 이게 나예요. 샤를Charles."

그는 자신의 스마트폰을 꺼내더니 텔레그램 QR코드 화면을 보여주었다. 나는 그의 위트가 마음에 들어서 아까 못한 대답을 해주었다.

"당신 아버지 일은, 유감이에요."

그는 단호하게 고개를 가로저었다.

"아버지는 누군가의 억울함을 외면한 대가를 받은 거예요."

이상했다. 그의 영어를 모두 알아들을 수 있었다. 이국의 언어를 사용하는 사람 사이에는 커피의 크레마처럼 부드럽고 폭신한 시공간이 놓여있는 것 같았다. 얼핏 알아듣기 어려운 문장을, 어느 순간 감정까지도 이해할 수 있는 유연함이 생겨나는 것이다. 그는 가라앉은 분위기를 환기하려는 듯 높은 목소리로 내게 물었다.

"그런데 무슨 일로 왔나요? 일? 여행?"

"둘, 모두."

나는 짧게 대답했다. 그러자 그가 불쑥 한마디 했다.

"내 아버지는 꼰대였어요."

목소리들

My father was ggondae. 나는 그의 영어 문장을 해석할 수 없었다. 내 반응을 보던 그가 다시 물었다.

"몰라요? 한국에서 온 단어 '꼰대'. g, g, o, n, d, a, e?"

나는 그가 알파벳으로 나열한 스펠링을 보듬어 안듯 한 음절씩 발음해 보았다. 그가 다시 말했다.

"영어 뜻은, 올디."

나는 그제야 그의 영어를, 아니 그가 말한 한국어 '꼰대'를 알아들었다. 옥스퍼드 사전 최신판에 오른 한국어 중에서 언니와 오빠, 먹방이나 잡채, 한복, 스킨십, 파이팅 등 콩글리시로 여겨졌던 단어들도 올라있었지만 '꼰대'는 못 보았다. 그는 다시 자랑스러운 듯 한마디 덧붙였다.

"나는 대박daebak도 알아요."

프랑스 고등학교에는 제2 외국어가 한국어인 학교가 많다면서 덧붙였다.

"그리고 난 한국인이에요."

반가운 마음에 나도 모르게 웃음이 나왔다. 나는 한국어로 물었다.

"그러니까 MZ인 거죠? 저는 MZ 꼰대예요."

그는 놀란 표정으로 고개를 끄덕이더니, 한국어로 말을 시작했다.

"모국어로 투정 부리고 싶어서, 동양인에게 말 걸어요. 가끔 한국인을 만날 때도 있거든요. 난 고등학교 졸업하고 여기 왔어요. 그때부터 이 몽파르나스 묘지가 제일 편안한 곳이었어요, 나한테는."

어쩌면 그도 무덤이 풍기는 오래된 냄새를 맡았을 것이다. 그 이름 붙이기 어려운 아득한 냄새가 그의 등을 토닥토닥 두드려 주었겠지. 그런 생각을 하고 있을 때 그가 다급한 얼굴로 말했다.

"내 한국 이름은……"

"아뇨, 샤를이면 됐어요."

정색하는 내 표정 때문인지, 그는 알아들었다는 제스처로 양손을 마주한 채 고개를 끄덕였다. 그러고는 내게 마레 지구를 돌아보라며 피카소박물관을 추천했다. 나는 피카소 알레르기라도 있는 사람처럼 재빨리 받아쳤다.

"난 피카소의 재능에 감동하지 않아요. …… 부끄러운 건가요?"

그는 잠시 생각하더니 말했다.

"그렇다면 나도 부끄러워요."

우리는 서로의 QR코드를 스캔하고 헤어졌다.

목소리들

잠시 후, 나는 마레 지구에서 에곤 실레의 자화상이 담긴 엽서를 샀다. 엽서를 계산하는 도중에 메시지가 들어왔다. 샤를이었다. 그는 내게 묘지에 다시 올 거냐고 묻고 있었다.

나는 카페의 야외 테이블에 앉아서 후드티의 모자를 깊이 눌러썼다. 언젠가 그런 자세로 커피를 마시다가 엄마에게 등을 얻어맞았다. 깜짝 놀라는 내게 엄마는 무서운 표정으로 말했다.

"왜? 아프니? 난 자식한테 따귀 맞은 기분이다."

공무원이던 엄마는 사랑이 많은 사람이었다. 상한 음식이나 낡은 옷은 과감히 버리면서도 상한 마음 앞에서는 언제나 쩔쩔맸다. 엄마는 원치 않는 퇴사를 한 후부터 빈 둥지 증후군을 앓는 것 같았다. 어느 날에는 남산에 매달린 이름 없는 자물쇠가 자신의 무덤 같다고 중얼거리기도 했다. 그 자물쇠들은 헤어진 연인들에 의해 이름이 지워졌을 것이다. 이미 열쇠를 버렸을 테니, 이제 무연고 사랑의 무덤이 된 것일까. 엄마는 그런 자물쇠들을 아파했고, 풀 냄새마저 안쓰러워했다.

"식물이 어떻게 살아남는지 아니? 벌레에게 갉아 먹힐 때 분비물을 내보내서 벌레의 입맛을 떨어뜨려. 피톤치드라는 물질로 자신을 보호하는 거지. 그러니까 풀 냄새는 구조 요청인 거야."

엄마는 그렇게 말하면서 내 눈을 오래 바라보았다.

그런 엄마가 미투의 가해자로 조사받을 때, 내가 회사 근처에 집을 얻은 것은 우연이 아니었다. 독립을 가장한 탈출이었다. 미투 가해자로 기소된 사람이 내 엄마일 수 있다는 가정조차도, 나는 참을 수가 없었다.

엄마는 내가 따뜻한 사람이길 바랐다. 덜 영리하더라도 좀 더 따뜻한 사람이기를…… 지금 생각하니, 따뜻함은 우성인자가 아니었다. 그건 유전되지 못하는 어떤 특별한 성분인 듯했다. 엄마를 생각하다가 나는 또 길을 잃었다. 피카소박물관을 찾아서 몇 블록이나 더 걸어야만 했다.

피카소박물관에서 피카소 그림이 인쇄된 실크 스카프를 오래 만지작거렸다. 결국은 엄마를 위해 화사한 〈아비뇽의 처녀들〉을 골랐고, 내 것으로는 흑백의 〈게르니카〉를 선택했다. 스페인 내전의 아픔과는 상관없이 어떤 옷에도 어울릴 수 있는 무채색을 고른 것이다.

직사각형의 스카프는 목에 두 번 감을 수 있는 충분한 길이였다. 독일군의 폭격으로 신음하는 〈게르니카〉는 따뜻했다. 미안하게도……

*

 샤를을 다시 만난 건 소르본 대학가를 다녀온 날이었다. 그곳에서 눈에 띈 화분 한 개를 샀다. 엄지손톱만 한 빨간 꽃이 초록 줄기 위에 다닥다닥 피어있었다. 화분을 안고서 몽파르나스 묘지 정문을 들어섰을 때 동상 아래 서있던 샤를이 팔을 번쩍 들었다. 비행기로 열 시간 넘게 날아온 곳에서 나를 반기는 사람이 있다는 게 새삼스러웠다.

 나는 보부아르와 사르트르의 무덤에 화분을 내려놓았다. 내가 꽃다발과 화분들을 질서 있게 정리하는 동안 샤를은 그의 아버지를 얘기했다. 고등학교 교사였던 아버지는 미투 가해자로 몰린 피해 학생을 모른 체하고 학교 편에 선 적이 있다고 했다.

 "나는 그걸 알았어요. 그 피해 학생이 내 동아리 친구였거든요. 그리고 어느 날 아버지가 그 친구처럼 똑같이 당한 거예요. 인과응보죠."

 "프랑스식으로 말하면, 삶의 아이러니쯤 되겠네요. 사실은 나도 미투 문제에 얽혀있어요."

 샤를은 양손을 마주 비비더니 어깨를 추어올리며 물었다.

 "진짜 미투인가요?"

나는 잠시 생각한 후에 대답했다.

"지금 확실한 건, 내가 어리석었다는 거예요."

팀장은 내게 두 번이나 어리석다고 말했다. 한 번은 홍의 증인석에 서려 할 때였고, 또 한 번은 사내 체육 대회에서였다. 그날 훌라후프 돌리기 대회에서 살아남은 사람은 세 명이었다. 우리 부서에서는 나와 인턴 직원이 살아남았고, 나머지 한 사람은 총무부 직원이었다. 나는 훌라후프를 돌리면서 총무부 직원에게 다가갔다. 다음 순간 내 훌라후프는 바닥에 나동그라졌다. 순식간의 일이었다. 결국은 그런 식으로 총무부 직원이 우승했다. 내가 숨을 헐떡이며 자리로 돌아갔을 때, 팀장이 말했다.

"가미카제, 몰라? 그냥 가서 상대편 몸에 부딪혀서 같이 죽었으면, 우리 팀은 저절로 우승했을 거 아냐?"

그 순간 나는 충격을 받았다. 어째서 나는 그리도 간단하게 승리할 생각을 못 했는지!

팀장은 타고난 쌈꾼이었다. 그러나 홍과의 싸움에서는 애를 먹고 있었다. 그는 내가 홍에게 유리한 증언을 할까 봐 파리 출장을 권유한 것 같았다. 해외 출장이 내 차례까지 올 리가 없었다. 나는 어쩔 수 없다는 듯 그 출장을 받아들였다. 팀장의 눈에는 내가 기회주의자로 보였을 것이고, 홍의 눈에는 배신자로 보였을 것이다.

홍은 전투적인 싸움을 선택했다. 그녀는 어떤 여성 단체를 찾아갔고, '미투 연대'라는 단체에도 가입하려는 중이었다. 그 단체에서는 홍을 피해자로 가입시키기 전에 회사를 찾아와 꼼꼼하게 살폈다. 사무실의 구조와 자리 배치 등을 돌아보고는 CCTV 위치도 기록했다. 그 단체장의 말에는 반박하기 어려운 결기가 있었다.

"모든 미투가 성과 관련한 것은 아니며, 자신의 욕망을 채우기 위한 가짜 미투도 있다는 게 우리 입장입니다. 가짜 미투를 벌인 사람이 오히려 공익 제보자로 인정받는 상황을 방지하는 것도 우리 일입니다. 물론 피해자와의 연대가 우선입니다만, 우리는 진짜 피해자를 구분해서 보호해야 한다는 생각입니다."

나는 땀이 고여오는 손바닥을 무릎에 문질렀다.

엄마도 미투 가해자로 재판을 받았다. 엄마의 직속 부하 직원이었던 남자의 고소 내용은 심상치 않았다. 상사인 엄마가 회식 자리에서 자신의 넥타이를 끌어당겨 키스했다는 것이다. 기소당한 엄마는 승진 대상에서 탈락했다.

엄마는 주정차 위반도 하지 않는 사람이었다. 사랑을 저축하지도 않았다. 나는 그게 불길했다.

길고 추악한 재판이 이어지는 사이 봄 여름 가을 겨울이 두 번이나 바뀌었다. 애초에 현장 조사에서부터 8명의 회식 자리가 나오지 않는 방이라는 게 밝혀졌지만 받아들여지지 않았다. 게다가 그곳의 자리 배치상 키스로 추행할 수 있는 거리도 아니라는 증언도 무시되었다. 그러나 엄마의 무고를 밝힐 수 있는 증거가 어이없는 장소에서 발견되었다. 엄마를 퇴출하기 위해 사건을 모의했던 단체 대화방의 대화 내용이 회사 공용 PC에 고스란히 남아있었던 것이다. 만약 그 명백한 모의 증거마저 삭제되었다면, 엄마는 무고의 늪에서 결코 빠져나올 수 없었을 것이다.

엄마는 재판에서 이겼다. 하지만 그 과정에서 이미 많은 것을 잃은 후였다. 아니, 어쩌면 모든 걸 잃었는지도……

그때 엄마를 통해 경험한 세상은 무서웠다. 엄마를 고소한 남자 직원은 SNS를 통해 더욱 폭넓은 지지를 얻어냈고, 여러 사회단체를 등에 업었다. 그 단체는 유명한 M 카페와 무슨 노동조합들이었다. 그 단체에서는 피해자의 증언을 바탕으로 플래카드를 만들었고, 시위에 참여할 사람들을 동원했다. 마녀재판이 열린 것이다.

엄마는 재판에 참석할 때마다 그들이 던지는 욕설과 날달걀을 맞았다. 늙은 여자가 염치도 없다면서 던지는 달걀에는 그나마 품위가 있었다. 그건 엄마의 발 앞에 떨어졌으니까. 그러나 미친년, 철면피, 마녀, 그렇게 급했냐는 말과 함께 날아온 달걀들은 정확히 엄마의 머리와 얼굴에 맞고 터지면서 온몸을 타고 흘러내렸다. 엄마는 계속 날아오는 욕설과 달걀을 피하지도 맞서지도 않았다. 그때 엄마는 당당했고, 나는 비겁했다.

나는 숨어서 그 모습을 보았다. 휴대폰을 들고 설치는 유튜버들 사이에서 이리 밀리고 저리 밀리면서 화면으로 엄마를 보았다. 유튜버들은 엄마의 모습을 일기예보 하듯 명랑한 목소리로 전달했다.

"여러분, 지금 여기 희대의 색녀가 나타났습니다. 보이시죠?"

"아, 생김새는 나쁘지 않아요. 손버릇이 나빠요, 하하하. 자세히 가보겠습니다."

기자들이 엄마에게 마이크를 들이댄 순간 달걀이 날아와 마이크에 떨어졌다. 비아냥과 욕설이 무슨 구호처럼 일정한 간격을 두고 이어졌다. 휴대폰 화면에서 보이는 엄마는 낯설었다. 머리에서부터 흘러내리는 달걀은 노릇하고 투명한 페인트 같았다. 그것은 세상과 엄마 사이에 둘러쳐진 견고한 막처럼 보였다. 엄마는 고개를 들고 눈을 지그시 감은 채 미동도 없이 서있었다. 만약 외로움을 그림으로 그린다면, 바로 그 모습일 것이다.

그즈음 나는 가해자로 몰린 엄마와 나를 가해하는 남자 동기생 P와의 사이에서 이중으로 고통받고 있었다. 하필이면 그때였다. 나는 P의 나쁜 손을 피하는 데에 하루의 에너지를 모두 소진하고 있었다. 유튜브에 떠도는 엄마의 영상을 내게 보여준 것도 P였다. P는 엄마의 숏츠 영상을 내 앞에 쓱 들이밀었다.

"마녀재판 봤어?"

나도 모르게 온몸이 움츠러들었다. 언제부턴가 내 오감은 그의 손동작에 매우 민감하게 반응했다. 손뿐이 아니었다. 그가 눈에 보이지 않으면 나도 모르게 내 등 뒤를 돌아보는 습관이 생겼다. 무방비 상태인 나를 그의 축축한 손이 더듬거리는 환각에 시달렸다.

P의 나쁜 짓은 커피를 건네면서 시작되었다. 커피잔을 들어 올려 내게 건네면서 젖가슴을 손등으로 지그시 눌렀다. 한 번이면 우연일 수 있었다. 두 번째까지도 일종의 호감 표시인 줄 알았다. 하지만 그 짓이 세 번을 넘으면서 패턴이라는 걸 깨달았다. 그의 나쁜 손에는 상대에 대한 호감이 들어 있지 않았다. 그저 만만한 상대에게 호르몬이 시키는 대로

저지르는 것뿐이었다.

어느 날 그는 자신의 이어폰을 내 귀에 가져다 댔다. 낮은 피아노 음이 따앙, 따앙, 따앙 사이를 두고 점점 낮게 울렸다. 막다른 골목에서 어쩔 수 없이 계단을 내려가는 듯 절박하게 울리던 그 피아노 전주곡은 그때 방영되던 드라마의 주제가였다. 그는 갑자기 연구실 문 뒤로 나를 밀어붙였다. 그곳은 CCTV 사각지대였다.

P의 악력은 대단했다. 한 손은 내 젖가슴을 움켜쥐고 다른 손으로 내 팔을 위로 올려 벽으로 밀어붙였다. 그리고는 내 입술을 흡혈하듯 빨아댔다. 이상한 건, 그다음에 일어났다. 내가 아무런 저항도 하지 않았다는 것이다. 최면에 걸린 듯 눈을 뜬 채로 미동도 하지 않았다. 그 순간의 나는 내가 아니었다. 무슨 상황인지를 깨달았을 때는 이미 그의 숨결이 지나간 후였다. 그때 나는 새하얀 진공상태인 '긴장성 부동화'를 경험하고 있었다. 그냥 얼어버린 것이다.

이후에 열린 대학원 징계위원회에서 나의 '그런 상태'는 매우 불리하게 적용되었다. P는 내가 좋아서 응하는 줄 알았다고 주장했다.

"그건 일종의, 사고였어요. 평소에는, 친밀한 관계였습니다. 제가, 일방적이었다는 말은, 억울합니다."

그는 앞의 교수들을 바라보며 매우 정중하게 호소하듯 말을 이었다. 단어와 단어 사이에 간격을 두고 매우 정확한 발음으로 말했다.

"저도, 여성학을 수강하는, 그런 사람입니다……"

그 순간 나는 고개를 돌려 그를 보면서 말했다.

"여성학을 수강하면서도 나쁜 짓을 했어요. 그는 제게 호감이 없었습니다."

내가 다시 막 입을 떼려는 순간 학과장이 내게 질문했다.

"P의 호감을 사지 못해서 억울한 건가? P의 억울함에 대해서는 어떻게 생각하지?"

나는 열었던 입을 다물었다. 'P의 억울함'이라고 단정하는 학과장의 질문에 할 말을 잃었다. 아마도 나는 그때 이미 싸움을 포기했을 것이다.

나는 그곳의 누구에게도 눈길을 주지 않고 질문했다.

"제가 원하는 건, 가해자와 같은 수업을 듣지 않게 해달라는 것입니다. 제 억울함에 대해서는, 알고 싶지 않으신 건가요?"

"그럼, 둘 다 억울한 거네?"

학과장은 그 말을 끝으로 할 일을 다 했다는 듯 의자에 체중을 실었다. 누구도 입을 열지 않았다. 불쾌한 침묵이 좁은 강의실을 이리저리 굴러다녔다. 그 불쾌한 덩어리를 회피하려는 듯 모두가 몸을 잔뜩 움츠리고 있었다. 양손으로 자신의 두 팔을 껴안거나 무릎을 감싸거나 하는 방식으로.

잠시 후 나는 고개를 들어 교수들의 면면을 살폈다. 그들의 시선은 각기 다른 곳에 가있었다. 참석한 교수 다섯 명이 모두 남자였다. 뒤늦게 참석한 평론가는 아예 눈을 감고 있었다. 그는 제자와 사귄다는 소문이 돌고 있었는데, 연애인지 그루밍grooming인지 구분이 안 된다는 의견이 많았다. 여학생의 표정이 성직자를 바라보는 신도의 눈이라는 것이다. 이상한 건 그 여학생의 휴학이었다. 학기 초에는 수강 신청을 하고 수업에 참석했었는데, 중간고사 이후 학교에 나오지 않았다. 그는 눈을 뜨더니 자세를 고쳐 앉고서 양팔을 깍지 꼈다. 그의 입은 열리지 않을 것 같았다. 나를 변호해 줄 사람은 그 자리에 없었다.

그 순간 처음으로 무서운 생각이 들었다. 그 자리의 누구도 진실 따위는 원치 않는다는 것을 그제야 깨달은 것이다.

그 불편한 침묵을 깬 건 P의 목소리였다.

"저…… 서로 호감이 있었는데요, 신체접촉 후에, 한 사람이 싫다고 하는 상황이 되면, 다른 사람은, 범죄자인 건가요?"

P는 그 당시 거론되는 양성평등을 슬쩍 입에 올렸다. 그렇

게 해서 남녀를 갈라치기 하고 교수들을 제 편으로 끌어들이고 있었다. 나는 교수들의 얼굴을 바라보았다. 그들 중 누구도 P의 질문에 선뜻 입을 열지 않았다. 그러자 이번에도 학과장이 나섰다.

"그러니까 평화롭게 넘어가자고."

그러자 교수들 모두 평화롭게 넘어가자고 한목소리를 내기 시작했다. 평화를 가장한 합창 같았다. 학과장이 선창하면, 나머지 교수들이 후렴구를 따라 외치는 그들만의 평화를 위한 합창.

"그럼, 왜 가만히 있었지? P가 싫었다면?"

드디어 연애 중인 평론가의 입이 열렸다. 나는 대들 듯이 받아쳤다.

"살아있는, 감정이 있는 사람이라면 누구나 경험할 수 있는 긴장성 부동화에 대해서 모르신다고요? 모르고 싶으신 건가요?"

천천히 다물린 평론가의 입은 다시 열리지 않았다. 그러자 학과장이 재빨리 나섰다.

"아니, 왜 P가 너를 만지게 했느냐고? 왜 너만 당했다는 거지?"

그들은 내게 묻고 있었다. 왜냐고, 왜 당했느냐고, 왜 당했

목소리들 213

다고 생각하느냐고, 왜 가만히 있었느냐고, 왜 호감이 바뀌었느냐고, 왜 P가 그런 짓을 하게 했느냐고……

 가해자인 P에게 묻는 것이 아니라, 피해자인 내게 묻고 있었다. 내 몸의 피가 모조리 빠져나간 듯 종아리와 팔이 저릿저릿했다.

 교수들의 응원에 P는 아까 했던 말을 다시 반복했다.

 "그건 진짜 사고였어요."

 나는 목젖의 떨림을 억누르면서 겨우 말했다.

 "사고라면 수습할 수 있었지, 사건이 되기 전에……"

 징계 없는 징계위원회는 그렇게 끝났고 소문은 빠르게 퍼져 나갔다. 나는 계속 P와 같은 공간에 방치되었다. 나는 결심 끝에 휴학을 신청했다. 그리고 곧 자퇴했다. 다시는 그들의 수업에 참여하고 싶지 않았다. 더는 그들의 비겁함을 배우고 싶지 않았다. 삶이 부조리하다고 떠드는 그들의 입을 더는 보고 싶지 않았다.

 학교를 떠나는 내게 여학생들은 야유를 보냈다. 그녀들은 내게 승리욕이 없다고 비난했지만, 내 영혼의 평화를 위해서라면 더한 것도 버릴 수 있었다. 그러나 홍은 그때의 나와는 달랐다. 자신을 지키는 데에 매우 전투적이었다.

 파리에 오기 전날도 홍과 담배를 피웠다. 홍은 그때 화가 난 상태였다. 회사로 사실 조사를 나왔던 '미투연대'에서 홍을 회원으로 받아들일 수 없다는 통보를 해 온 날이었다. 그 이유는 상황이 피해 사실에 부합하려면 재조사가 필요하다는 것이었다. 그들은 M카페나 무슨 노총과는 달랐다. 정확한 피해 사실을 확인한 다음에 연대하겠다는 태도를 확실히 전달해 온 것이다.

아파트 단지의 산책로는 때 이르게 단풍이 시작되고 있었다. 키 큰 산수유나무와 삼색 조팝나무, 영산홍 등의 잎이 분홍빛으로 물들어 있었다. 홍의 목소리는 차갑고 높았다.

"내가 왜 전공 살리지 못하고, 이 회사 홍보실까지 굴러왔겠어? 먹고사는 건, 직장이라는 회로 안에서 복종하는 건데……"

홍은 그쯤에서 말을 멈추고 담배를 두 모금 빨았다. 그러자 담배는 곧 필터만 남았다. 연기를 다 내뿜기도 전에 그녀는 내 얼굴을 바라보며 말을 마쳤다.

"내가 그 회로 안의 불공정을 못 참았거든! 여기선 버텨보려고 했는데, 참을성엔 임계치가 있더라고."

홍은 피우던 담배꽁초가 지긋지긋한 그 회로라도 되는 듯 빤히 노려보더니, 프라이팬에 내던지고는 돌아섰다.

홍이 말했던 고려일보 기자의 전화를 받은 건 오늘 아침이었다. 잠에서 깨어 얼결에 이루어진 통화였다. 나는 정중하게 인터뷰 요청을 거절하느라 시간을 썼다. 통화를 끝내고 내 머리에 떠오른 건, 어제 갔던 낭만주의 미술관에서 본 그림이었다.

사실 낭만주의 미술관으로 알고 찾아간 곳은 '에로티시즘 박물관'이었다. 그곳은 놀라울 정도로 솔직하고 풍자적인 곳이었다. 고대부터 현대까지의 성에 초점을 맞춘 예술품들은 물론이고, 19세기와 20세기의 윤락업소에 관련된 사진과 그림 등 희귀 문서들을 전시하고 있었다. 낭만주의는 바로 그곳에 있었다!

박물관 2층을 오르다가 어떤 그림을 발견한 나는 '차라리 잘 되었다.'라는 정신 승리를 경험했다. 그 액자는 애써 찾지 않으면 볼 수 없는 위치에 걸려있었다. 얇은 연필로 그린 복숭아 스케치였다. 복숭아의 뒤태가 그토록 성스럽고 음란하다는 걸 처음으로 깨달았다. 하찮다는 듯 층계참에 툭 걸려 있던 그 스케치는 어떤 영상 하나를 다시 떠올리게 했다.

홍보용품을 가지러 비품실 문을 열었을 때, 팀장의 엉덩이에서 어떤 손이 막 아래로 미끄러지고 있었다. 겁에 질린 듯 새하얀 그 손은 중지와 약지에 금반지를 낀, 홍의 손이었다. 찰칵. 순간 그 장면은 한 장의 사진으로 찍혀 음화 필름으로 내 머리에 저장되었다. 어느새 팀장은 기념품 상자를 안고 내 쪽을 바라보고 서있었다. 나는 재빨리 돌아섰다. 홍이 다급하게 나를 불렀지만, 나는 이미 문밖에 서있었다. 그곳은 유일하게 CCTV가 없는 공간이어서, 내 기억만이 유일한 블랙박스였다. 내가 증인석에 서고 싶지 않은 이유이기도 했다.

*

앵발리드역으로 가던 중에 어느 카페 앞에서 멈췄다. 흰 앞치마를 두른 남자가 찜통에 든 뱅쇼를 휘젓고 있었다. 스테인리스 찜통에서 몽글몽글 김이 올라오고 있었다. 계피 냄새와 과일 향이 뒤섞인 반가운 냄새였다. 나는 그 앞에 서서 따끈한 뱅쇼 냄새를 음미했다. 알코올이 휘발된 엄마의 뱅쇼는 오렌지 향이 강해서인지 초겨울 냄새 같았다. 따끈한 뱅쇼를 아빠에게 건네던 엄마의 얼굴은 알맞게 익은 과육처럼 발그레하게 빛나곤 했다.

문득 찜통 앞의 남자가 나를 보더니 카페 유리창을 가리켰다. ˊáemporter 2€, sur place 4€. 가져가면 2유로, 매장에서는 4유로'라고 적힌 종이가 바람에 파르르 떨고 있었다.

나는 그 카페 모습을 사진 찍어 샤를에게 전송했다. 그는 내게 로댕의 정원을 산책한 후에 앵발리드역으로 걸어오면 자신과 만날 수 있다고 했다.

잠시 후 우리는 종이컵에 든 뱅쇼를 마시면서 늦가을의 파리를 걸었다. 앵발리드 교회의 황금색 돔이 보였다. 해 지기 전의 새파란 하늘이 돔 위로 드넓게 펼쳐져 있었다. 새하얀 구름을 안고 있는 하늘이 어찌나 최선을 다해서 파랗던지, 그 자연까지도 관광 명소라는 걸 깨달았다. 그런 깨달음 뒤에 옵션처럼 질문이 따라붙었다. 나는 지금 여기에서 무엇을 하고 있는가. 무엇을 어떻게 할 것인가.

샤를은 계속해서 말을 하고 있었다.

"그러니까 아버지가 죽은 것도 다 연결된 거예요. 만약에 아버지가 불의에 맞서 싸웠다면 어떻게 됐을까요? 뭐, 어쩌면 학교에서 잘렸거나……"

그동안 한국말을 하고 싶어서 어떻게 견뎠을까. 어쩌면 그는 정서적 노출증인지도 몰랐다. 자신을 보여주고 싶어서 안달이 난 사람처럼 말하고 묻기를 반복했다. 그럴수록 내 머릿속 실타래는 더욱 꼬이는 것 같았다.

나는 벤치를 가리키며 동의를 구했다.

"잠깐 앉았다 갈까요?"

식은 뱅쇼에는 흐물거리는 과일이 가라앉아 있었다. 알코올이 덜 휘발되었는지 살짝 취기가 느껴졌다. 내 마음은 회사로 복귀할 생각에 부산스러웠다. 샤를의 일상 얘기는 귀에 들어오지도 않았다. 나는 들고 있던 종이컵을 구기면서 샤를의 말에 마침표를 찍게 했다.

문득 샤를이 내게 물었다.

"한국으로 가기 전에 또 볼 수 있을까요?"

"미안하지만, 파리에서의 일정은 여기까지……"

잠시 후 우리는 벤치에서 일어나 서로의 안녕을 빌었다. 그가 양손을 벌리면서 작별 인사의 몸짓을 했다.

나는 그를 안고 등을 두드려 주면서 말했다.

"한국 분을 만나서 마음이 편안했어요. 평화를 빌어요."

"……"

샤를은 말이 없었다. 그의 포옹은 좀 길어졌다. 담백한 작별 인사를 생각했던 나는 당황하기 시작했다. 샤를의 깊은 숨소리가 느껴지고 내 카디건 위에 놓인 그의 손바닥에서 열기가 느껴졌다. 그의 얼굴이 차츰 내 목덜미로 이동하면서 파고들 때 지하철 입구 쪽에서 피아노의 저음이 들려왔다.

따앙, 따앙. 곧이어서 어떤 불쾌한 기억이 소환되었다. 어쩌면 이 남자도 내게 다른 것을 원했나? 남녀가 어울리다 보면 꼭 이 단계에 이르는 것인가.

나는 단호하게 그의 팔을 잡아 내리면서 물었다.

"내가 지금 아니라고 말하면, 꼰대가 되는 건가요?"

그는 급히 한 발짝 물러서며 내게 사과했다.

"미안해요. 내게 관심 있는 줄 알았어요."

"난 MZ 꼰대라고 했잖아요."

"아, 정말 미안합니다."

사과는 그렇게 하는 것이다. '내가 그랬다면' 혹은 '네가 그렇게 느꼈다면'이라는 전제를 넣지 않고 그냥 미안하다고 하는 것이다. 그의 솔직한 인정과 빠른 사과 덕분에 상황은 깔끔하게 마무리되었다. 나는 그게 고마워서 진심을 담아 말했다.

"나도 미안해요, 오해하게 만들어서······"

방브역으로 가는 사이에 밤이 되었다. 메시지를 확인하니, 홍이 보낸 동영상이 도착해 있었다. 그녀의 메시지는 물음표 투성이었다.

[왜 비품실에서 본 걸, 말 안 해? 그 인간이 내 손을 자기 엉덩이에

찍어 누르는 거 봤잖아? 도대체 유는, 누구 편이지?]

하얗게 질린 듯한 홍의 손이 떠올랐다. 나는 그녀에게 간단히 답장했다.

[나는 어느 편도 아니야. 언제나 옳은 편이야. 항상 그러려고 애를 쓸 뿐이야.]

그 문자를 전송하는 동시에 나는 끔찍한 사실을 깨달았다. 내가 행복과 불행에서조차 어느 편도 들지 않았음을. 그건 부모로부터 받은 학습의 효과도 아니었다. 엄마는 언제나 다정도 병인 양하는 사람이었으니까. 그런 엄마를 닮지 않기 위해, 나는 균형 잡는 질병에라도 걸린 것일까.

잠시 후에 홍은 내게 여러 개의 사진을 전송했다. 휴대전화의 달력을 캡처한 홍의 6개월 치 일정이었다. 보라색으로 설정된 칸에 '외부 업무'라고 적힌 날짜에는 붉은색 동그라미가 쳐져있었다. 뒤쪽으로 갈수록 붉은 동그라미 안의 보라색 외부 업무는 구체적인 장소로 입력되었다.

홍은 연달아 메시지를 보내왔다.

[내가 팀장한테 외부 업무라면서 끌려다닌 날을 표시해 둔 달력이야. 그 외부 업무 날에는 그 인간하고 밥 먹고, 지겨운 자기 자랑과 푸념을 끝도 없이 들어줘야 했어. 그게 내 외부 업무였지.]

[드라이브라면서 차에 태우고 이리저리 돌아다니는데, 그 차 안의 공기도 비위가 상해서 숨도 쉬기 싫었어. 그 짓을 반년 넘게 한 거야.]

[그 인간 매일 하는 말이 이거야. "네가 원치 않으면 안 할게." 그 말이 그 인간의 부적인 셈이지. 위계에 의한 강요가 아니라, 내가 스스로 원해서 이루어진 관계를 만들려는 수작.]

[자기를 좋아해 달라는 강요는 안 한다면서도 스치듯 하는 신체접촉에 매일 소름 돋았어.]

[그 인간은 처음부터 내 약점을 알았던 거야. 내가 이 회사에 남고 싶어 한다는 거. 더는 면접 보러 돌아다니고 싶지 않은 거. 그게 그렇게 큰 꿈인 거야? 그런 것조차 꿈이 돼야 하는 거야? 난 이 자본주의 가스라이팅에서 벗어나고 싶어.]

홍은 마지막으로 유튜브 영상을 보냈다. 고려일보 기자의 그 영상은 이미 엄청난 조회 수를 기록했고, 댓글 창에서는 전쟁이 벌어지고 있었다. '미투의 재조명'이라는 제목 아래 여러 개의 해시태그를 달고 있었다. #미투, #유투, #재판, #증인, #제보자, #인터뷰, #무고 등등.

화면 아래 '제보자 유○○씨'라는 자막이 보였다. 영상 속 여성 얼굴은 모자이크 처리돼 있었다.

나는 이어폰을 착용하고 동영상을 재생했다. 영상 속 목소리의 주인공은 나였다. 그러나 고려일보 기자와 나의 통화 내용은 왜곡되었다. 그 기자는 내 말을 부분마다 지워서 자기가 원하는 내용으로 짜깁기했다. 결국, 인터뷰를 거절하는 내 말은 부분 편집되어 미투를 혐오하는 듯한 인상을 주고 있었다. (인터뷰 내용 중 편집되어 지워진 부분)

네, 이미 들어 알고 있습니다. 그런 인터뷰는 할 수 없어요. 왜냐하면, 미투 재판은 이기고 지는 문제를 넘어선 사회 현상이 되었거든요. 승소 판결을 받는다고 해도 추잡한 싸움으로 모두의 기억에 남을 거예요. 가족들마저 평생 그 사건에서 벗어날 수 없고요. 어떤 의도에는 이미 죄가 들어있거든요. 지금 기자님이 제게 원하는 인터뷰도 나쁜 의도일 수 있어요.

저요? 물론 불편을 겪었죠. 네, 불쾌한 경험이 있습니다.

목소리들

그래도 전 침묵했어요. 어떻게 싸워도 주홍글씨로 남겠구나 하는 생각이 들었거든요. 이미 문제 자체에 오류가 있는데, 그걸 풀기 위해 남은 생의 며칠이라도 투자할 가치가 있을까 싶어서 그만두었어요.

아니요, 사람들은 모두 자기 말만 하고 상대 얘기는 듣자 않아요. 이 사회도, 불편해 죽겠다는 누군가의 외침에는 관심이 없어 보여요. 제가 좀 비뚤어졌나요? 힘 있는 사람이 약한 사람을 두들겨 패는 걸 보면서도 말리지 않으면, 그 사람도 공범 아닌가요?

항의요? 그게 통하는 세상인가요? 꿈과 사랑을 말하고, 원하는 음식을 주문할 수 있는 그 입으로, 부당함도 말할 수 있는 사회였으면 좋겠어요. 그런 말을 해서 문제가 해결되기는커녕 오히려 손해를 보는 건 좋은 사회가 아니잖아요? 저요? 저라면, 솔직한 말을 해서 내게 돌아올 혜택을 잃는다고 해도, 당당히 그런 말을 할 수 있는 사람으로 살려고 해요.

주변을 보세요. 오로지 자기 욕심 채우려고, 타인을 사용하는 사람들요. 어쩔 수 없는 상황 때문이 아니라, 그렇게 태어나는 건지…… 어쨌든 그들은 좋은 사람인 척, 피해자인 척을 잘하더군요. 그러니 누구의 고백이든지 객관적으로 검토한 후에 대응했으면 합니다. 그럼. 예? 그렇죠. 제가 선불리 증인이 되지 않은 이유입니다.

저는 이 성스러운 미투 운동을 지지하고 열렬히 응원합니다. 그러나 이것을 역이용하는 경우를 보았습니다. 그러니 가해자가 피해자인 척하는 일이 없도록 철저한 사실 조사가 있어야겠지요.

제 엄마를 아세요? 그럼 제게 연락한 게 우연은 아니었네요?

재판에서 이긴 날, 엄마가 이런 말을 했어요. "왜 사람들은 사랑하는 재능을 낭비할까? 조금의 배려로 세상을 180도 바꿀 순 없지만, 몇 도쯤은 바꿀 수 있는데도 그 능력을 사용하지 않아. 당장에 사용하면 좋을 그 능력을 아끼고 저축해." 예? 아니요. 저는 엄마 편을 들지 않았어요. 엄마가 재판을 받는 중에도 어떤 국회의원이 제기한 법안에 찬성하는 서명도 했어요. 성폭력 사건 판결이 끝날 때까지, 피해자가 명예훼손 혐의로 공소 제기될 수 없도록 하는 법안에 대해서요. 그래야 공정한 거 아닌가요? 아뇨, 인터뷰는 거절합니다.

저는 그럴 자격도, 의사도 없는 평범한 직장인입니다. 제발, 더는 이런 연락 받고 싶지 않아요.

엄마는 유서도 없이 홀연히 떠났다. 악마에게는 없다는,

그 수치심을 안은 채 서슬 퍼런 차가운 물 속으로 걸어 들어갔다. 재판이 끝난 어느 날이었다.

엄마가 내게 남긴 마지막 문자 메시지는 두 문장이었다.

[매일 밤 생각했어. 자고 일어나면, 내가 폭삭 늙어있으면 좋겠다고.]

나는 니체의 말을 엄마에게 답장으로 보냈다.

[고통이 나를 죽이지 못하면, 나는 더 강하게 태어날 것이다.]

그때 나는 엄마의 간절한 호소에도 남의 목소리를 빌렸고, 중립을 지킨다는 명분으로 한없이 비겁했다.

엄마의 재판이 열리던 어느 날이었다. 정치인인 미투 가해자가, 가해 사실의 증거가 확보되자 극단적 선택을 했다. 엄마는 그 뉴스를 오전 내내 지켜보더니 단호하게 말했다.

"재판 중에 피고가 죽으면 '공소권 없음'으로 끝나지만, 그건 피해자를 두 번 죽이는 일이야. 세상에 대한 예의도 아니고."

엄마는 판결이 날 때까지 재판에 출석하면서 세상에 예의를 차렸고, 그렇게 세상으로부터 나를 보호했다.

엄마가 들어간 바다를 본 후로는 추위에 녹지도 못하는 눈덩이를 볼 때마다 뼈가 시렸다. 죽고 싶다던 엄마에게, 그냥 살라는 말 대신에 같이 살아 보자는 다정함을 보여줬더라면 어땠을까. 그랬더라면 살아갈 명분을 얻기 위해 그토록 애쓰지 않아도 되었을 것이다. '나'라는 자식이 그 명분이 되었을 테니까. 그러고 보면, 내가 살아온 모든 날이 엄마의 유서였는지도 모른다.

그 후 내게는 어둠이 가면 다시 어둠이 왔고, 가을이 오고 더 깊은 가을이 찾아왔다. 슬퍼할 지능조차 남지 않은 감정의 고갈 상태였다. 내 물건을 살 때마다 엄마 것을 골랐던 건, 일종의 죄의식이었다. 화사한 〈아비뇽의 처녀들〉은 그런 엄마에게 주는 속죄의 선물이었다.

그즈음 나는 아무도 지켜보지 않는 비품실을 들락거렸다. 천장까지 쌓인 상자들에 둘러싸인 채 우두커니 서있다가 눈물을 닦고 나왔다. 그런 어느 날에 홍과 팀장을 본 것이다. 내가 본 한 장면은 부장의 엉덩이 위에 올려진 홍의 손이지만, 그 이전 상황을 미루어 짐작할 수조차 없었다. 그때의 내게는 그런 지능조차 없었다.

파리 전철의 부산한 소음 속에서도 홍의 목소리가 생생하게 재생되었다. "또다시 이 회사 저 회사 전전하고 싶지 않아! 자본주의 가스라이팅에서 벗어날 거야." 홍이 보낸 달력에 어떤 단서가 있는 게 아닐까. 보라색 칸의 외부 업무에 붉은 동그라미가 홍이 보내는 구조 요청이면 어쩌지.

전차 유리창에 비친 내 얼굴이 현상 전의 음화 필름처럼 보였다. 그 필름 어딘가에 그날의 진실이 들어있기라도 한 듯 눈도 깜박이지 않고 바라보았다. 홍이 아니라 나를 위해서라도, 기억 속 블랙박스를 열고 사각지대를 찾아내야 한다. 홍이 말하는 사실이 무엇인지, 내가 모르는 진실이 어떤 모습인지.

나는 문득 고려일보 조희선 기자에게 전화했다. 그녀는 전화를 받자마자 대뜸 이렇게 말했다.

"그건 사고예요."

그 순간 내 머릿속에서 쇳덩이 부딪치는 소리가 길게 들려왔다. 까앙. 나는 재빨리 기자의 다음 말을 막고서 길고 거친 호흡을 했다. 기자는 뭔가 심상치 않음을 감지한 듯 내 거친 숨소리를 듣고 있었다.

드디어 나는 또렷하게 말했다.

"사고는 수습했어야지요. 사건으로 만들지 말고!"

*

 방브역 출구로 나왔을 때, 나는 잠시 어리둥절했다. 그렇게 어두운 시간에 역에 내린 건 처음이었다. 커피 트럭이 없는 역 앞은 나무에 매달린 흐린 가로등 몇 개뿐이었다. 낮에 본 풍경과는 사뭇 달랐다. 차가운 바람이 카디건 속으로 스멀스멀 기어들었다. 그때 바람에 실려 온 담배 냄새를 맡았다. 나는 재빨리 숙소로 가는 지름길로 걸었다.

 숙소가 보일 즈음 콧등의 땀을 닦으면서 걸음을 늦추었다. 담뱃불 세 개가 어둠 속에서 빨갛게 타올랐다. 숙소로 가는 마지막 블록에 접어들기 전이었다. 그 빨간 불 세 개는 소리도 없이 내 앞으로 다가왔다.

 전동 킥보드를 탄 그들은 남색 방한 모자를 눌러 쓰고 검정 마스크를 착용한 세 개의 검은 덩어리로 보였다. 방브역에서 킥보드를 타며 놀던 아이들이 떠올랐다. 어쩌면 아이들이 아닌지도 몰랐다. 나는 빠른 걸음으로 그들 앞을 지나쳤다. 킥보드 두 대가 나를 앞질러 가더니 우뚝 섰다. 그와 동시에 눈앞이 번쩍했다.

 내 몸은 길옆 화단 위로 나뒹굴었다. 그들의 요구대로 내 가방을 힘껏 내던졌다. 그리고서 몸을 반쯤 일으켰을 때, 우악스러운 손이 내 머리를 화단 나무에 두 번 짓이겼다. 억, 소리 이후 내 입에서는 비명도 나오지 않았다.

죽음을 인식하는 그 순간 머릿속에서 질문 세례가 이어졌다. 이렇게 죽는 건가, 기승전결도 없이? 이대로 폐기된 QR코드가 되어 파리 14구역을 떠돌게 될까. 나는 누구의 억울함을 외면한 대가로 이국 불량배 손에 의해 벌을 받고 있는가.

내 질문에 대답하듯 지독한 냄새가 났다. 내 몸 아래 짓이겨진 화초에서 냄새가 진동하고 있었다. 그건 풀 냄새였다. 식물이 자기방어를 하려고 내보낸다는 물질, 엄마가 풍기던 그 구조 요청의 냄새……

나는 왜 그 냄새를 알아차리지 못했을까.

그때 어디선가 사람들의 웅성거림이 들렸다. 나를 둘러쌌던 킥보드 세 대가 순식간에 사라졌다. 나는 그제야 바람을 느끼고 다시 풀 냄새를 맡았다. 그러자 어떤 장면이 내 머릿속을 가득 채웠다. 이곳에 도착한 첫날, 벼룩시장 여주인이 골랐던 소드 10번의 타로 카드가 떠올랐다.

그 불운한 검의 카드는, 바로 내 운세였다.

| 작가의 말 |

 작가의 말을 쓰려고 산책하러 나갔다가 '찬란'을 만났다. 정확히는 '찬란'이라는 간판들을 만났다. '찬란 인테리어'와 '찬란 요리주점'을 발견하고는, 우리 주변의 찬란한 상호들을 검색했다. 우리 일상 곳곳에 그토록 많은 찬란이 숨어 있을 줄이야. 별빛찬란 주택, 휘황찬란 공예용품, 미색찬란 부티크, 달빛찬란 농원, 찬란회 생선회, 유치찬란 장난감까지 있었다!

 오늘의 산책은 오색찬란한 산책길인 듯싶어서 웃음이 나왔다. 길에서 길을 찾는다는 말은 진리다. 길을 나서야만 비로소 길이 보이는 것이다. 내게는 소설이 그 수많은 길 중 하나다. 소설을 붙들고 앉거나, 소설을 부여잡고 사는 일상에서만 소설의 줄기를 찾을 수 있으니.

 문학으로라도 불의는 막고, 정의는 실현해야 한다는 생각이다.

 언젠가 억울한 미투를 못 본 체한 사람이 얼마 후에 자신이 그런 누명을 쓰고서 떠났음을 알게 되었다. 그리고 그 사건에 연루된 가해자들은 기회를 얻어 후원을 받고 삶을 누리며 잘살고 있다. 최소한 이런 불의는 막아야 정상적인 사회라는 생각을 오래 했다. 또 그와 반대로 미투 피해자의 억울함에 연대하는 방법으로 현재 발의된 일부 법안을 통과시켜야 한다. 피해자가 두 번 세 번 억울하지 않도록 해야 한다. 지연된 정의는 정의가 아닌 처세술이라는 슬픈 생각이 들지 않도록.

 예민한 소재이기 때문에 소설적 균형을 잘 잡기 위해 노력했다. 누구도 억울한 사람이 없기를 바라는 마음으로 구성했다.

 파리가 주인공의 동선에 사용된 것은, 다음 작품집의 일관성을 위해서였다. 일종의 여행 소설집으로 엮기 위해서 마지막에 선택한 도시가 파리였는데, 이 소설과 만나게 되었다. 그렇게 동선이 엮이다 보니, 뻔한 소설이 되었다. 그러나 아직은 괜찮다. 이야기의 소재와 솔직한 작가의 마음이 아직도 풍부한 상태이니, 소설의 변주는 계속될 것이다. 여러 가지로 찬란하게.